U0130460

作者：萌動短篇故事創作比賽得獎者

悅文堂

目錄

高中組

創意示範

怪獸家長（日語：モンスターペアレント，Monster parent）是學校對於以自我為中心，不講理的監護人所創作的形容詞。怪獸家長亦泛指一些對子女過分溺愛及保護，甚至嚴重介入子女私生活的父母。而怪獸家長在現今社會，特別是香港，越來越普遍。

對於「怪獸家長」一詞，香港中學生有什麼想法呢？或者大家可以從這次比賽中的得獎作品得到啟示。

「生命勵進基金會」簡介：

「生命勵進基金會」的宗旨是推動生命教育，使大眾認識生命的意義，獲得豐盛人生，並扶助有需要社群，讓他們發揮潛能，融入社會為宗旨的註冊慈善團體。

由 2014 年開始，「生命勵進基金會」以教育和慈善為主要工作方向，具體包括設立大專院校升學獎，助學金，營運生命教育農莊；支持並贊助《萌動》雜誌出版發行，以推動中學生參與文藝創作及欣賞，亦舉辦不定期的教育和社會服務等公益活動。

推動生命教育，
灌輸人生價值，
扶助弱勢社群，
鼓勵互愛互勉。

序一｜刺激創意 不妨太爆

《萌動雙月刊》8 週年，我們在去年底開始籌備這個「短篇故事創作比賽」。當時，想了好幾個題目，自己都覺得太正路，不足以刺激同學的思維。最後，我建議用「怪獸家長」為題目，大家第一個反應都是一樣：「嘩，會不會太爆？」我看到這些迴響，反而更覺得選對了主題，我相信，帶些許爭議性，更容易引發同學的創意，紀錄屬於這一代的心聲。

同學們的想像世界，果然沒有令人失望，我們收到的作品，品種繁多，足見同學的幻想力沒有疆界！我特別推薦陳梓盈的都市奇情、孫綽言的穿越故事、李依穎的古裝演繹，還有陳俊佑把怪獸家長寫成喪屍病毒，全部都是驚喜之作！

我們把作品分為高中初中兩組，獨立評分，自以為比較公平。不過，卻發現初中同學的得分，較諸高中組，毫不遜色。看得出來，在現實世界中，是憑創意分高下，一般的考試技巧，並不一定管用。只要同學的想法有新意，有角度，就可以寫出精彩的作品！

不過，大家慣了應付功課，眾多參賽作品中，的確也有些「想當然」的套路。我們收過不少流水帳，逐項介紹一些怪獸家長的典型案例，輾轉導致子女出走（甚至自殺）收場；除此之外，他們甚至沒想到要為自己的故事起一個標題，突出作品的獨特性。不能否認，這些文章在結構與文筆方面，也有一定的水準；不過，我們這次的重點，在於創意，而不是文字練習，故此，這些作品都落選了。希望同學們看到這本小說集，領悟到入選的竅門，往往在於創意。

我知道大家自小都有看寓言，那便是憑創意說故事的好例子。今次，我和本地作家陳美濤，特別寫了兩個故事，不提「怪獸家長」四個字，但也探討這個課題，收錄在本書的最後部份，跟大家分享一下。

最後，要藉此機會，多謝「生命勵進基金會」，會長郭銘祥先生一直在支持《萌動雙月刊》，鼓勵年輕人參與創作，發表自己的作品！

黃獎
香港作家
《萌動雙月刊》創辦人
「生命勵進基金會」理事

序二

感謝「生命勵進基金會」和《萌動》雙月刊，主辦了是次很有意義的比賽，以「怪獸家長」為主題的短篇小說比賽。

「怪獸家長」一詞，近年成為了城中熱門的關鍵詞，甚至是一種社會現象，但其實「怪獸家長」源於日本，又稱「怪物家長」，日語「モンスターペアレント」〔Monster Parent〕，是學校對於「以自我為中心，不講理的監護人」所創造的和製英語，普遍認為這詞彙是從日本教育技術學會會長向山洋一的教育雜誌《教室ツーウェイ》(雙向課室)2007年8月號第9頁初次出現，但並不包含對學校提出合理要求的監護人。

2008年7月，由米倉涼子主演的富士電視台的夏季連續劇《怪獸家長》〔台灣譯作《家長是怪獸》，於2009年4月23日首播〕，此劇以「家長惡行惡狀，學校招架不住！？」為主題，令日本社會各界更關注「怪獸家長」的問題，亦讓此詞彙開始流行於亞洲各地，包括香港。

在美國，並沒有「怪獸家長」，因為他們將過度關注自己子女的父母稱為「直升機家長」(Helicopter Parent)，意思是這些家長會像直升機一樣，盤旋在子女四周，隨時空降幫助子女解決問題。

無論是日本的「怪獸家長」，或是美國的「直升機家長」，彷彿都是一個負面的形容詞，但實情當真如此？如果「怪獸家長」是社會問題，問題當真只在家長身上？如果由中學生以短篇小說來探討「怪獸家長」的種種現象，甚至舒發他們的「不滿」，當中又有多少可能性？

有幸擔任是次比賽的評審，知道了不少年輕人的想法，也感受到他們所面對的壓力。起初以為參賽作品只會千篇一律，怎料不乏驚喜佳作，部份同學的創意和文筆，竟然更勝近年大受歡迎的網絡小說作家！好高興看到香港文壇出現具有潛質的幼苗，期望他們找到合適的土壤茁壯成長。

作為家長，甚是被批評為「怪獸家長」的你和我，請一起耐心聆聽這些孩子的心聲吧！

何故

跨媒體創作人、大學講師

序三

寫作，先從觀察開始。生活中大大小小的事，只要觸動到你的心，都能化作筆下的素材，成為文章的一部份。

這次怪獸家長徵文比賽中，喜見不論初中或高中同學，都寫出了不少出色、讓人驚喜的作品。不知道你們寫的怪獸家長，又是否來自生活的寫照？

只要社會一直信奉「求學就是求分數」，怪獸家長絕不會在世上消失，但正如不少同學都寫到，怪獸家長並不是一開始便是怪獸，只不過為了督促子女的學業，希望他們成材，他們不得不變作怪獸，為了成績上丟失的一分半分而咆哮。

說到底，都是因為愛。

因為愛子女，不希望他們走自己的舊路，希望他們小時候努力一點，長大後不用辛苦工作……咦，這些對白怎麼會這樣熟悉？不正是我們在家中常聽到父母講的，又或是學校老師每日的叮囑嗎？

為了在學校取得好成績，我們一再練習，於是我們逐漸發現，只要我們寫些甚麼方向、題材，作文就必定「保合格」，甚或取高分得到老師的好評。慢慢地，我們寫的，不再觸動人心，只是為了交差而寫。

假如同學真的覺得寫作是一件趣事，想把身邊大小事化作筆下有趣的故事，任意天馬行空，不妨拋開既有的起、承、轉、合，那些一板一眼的寫作手法，不一定每每要寫一心、允行的故事……寫作，其實可以有更多的可能性！

這次比賽只是一個起步點，期望同學在忙於課業之餘，也不忘把腦中古靈精怪、精彩絕倫的故事繼續寫出來！

周子嘉
香港作家

「初中組」

怪獸家長——穿越知識與過去

寶安商會王少清中學
F2
孫綽言

知識就是力量—這是我從小的座右銘。我是畢滙書，人如其名，我從來都不會輸。生於人稱「天才世代」的二零四零年，年僅十歲的我已經擁有超越七成成人的知識，與年紀相仿的小孩不相伯仲。父母親們都十分注重我們的五育發展，生怕自己的孩子會比同齡的人落後，因此我們出生至今都持續訓練着各方面的技能。

可是，用心良苦的他們卻總被稱為「怪獸家長」，說他們不該這樣訓練小孩。我實在無法理解這種說法：望子成龍有錯嗎？難道孩子不需要受到訓練，打從誕生於世上起最有幫助社會、科技發展的能力嗎？如此墨守成規的他們是不可能有進步的；只有敢於創新、不恥下問的人才會有所成就。就以我的母親為例：她小時候並沒有接受高等教育，但是一次她遇上一名孤苦伶仃，卻飽讀詩書的同年女生後，母親便以那名女生的能力為目標，發憤圖強，最終成了一名科學家。你說，如果我的母親像他們般思想守舊，會有今天的成就嗎？

「嗶嗶嗶！嗶嗶……」裝置的響鬧聲把我的思緒帶回眼前的暗色盒子上。「終於完成了。」我揚起一邊嘴角，沉溺在滿足感與興奮的情緒中。眼前這個由我發明的裝置看似只是一個盒子，實際上卻是可以大人回到過去的時空儀器。我把背部挺得筆直，雙手握着儀器說：「帶我回到二零零零年，我母親十歲時遇見的那位學識淵博的女生面前！」幾多不同顏色的光速瞬間穿破了我的眼球。朦朧中，我好像隱約地看見了整個星系，感覺自己穿越在光年之中……

我再度睜開眼睛時，首樣映入我眼簾的是一個天真爛漫得誇張的笑容。「你終於醒了？太好了！你剛剛倒在我家門前，現在沒事吧？」這俐落的短髮，雪亮的雙眸，這瓜子的臉蛋，毫無疑問就是我的母親——雖然她帶着我沒見過的樂觀表情。我沒有顧慮那麼多，一下子撲向了她，用盡力氣抱着她。我實在太興奮了，見到小時候的母親，也就是說我將會見到那名影響到母親，從而間接影響我的高材生了。

我母親的母親，也即是我的外婆見我身無分文，便留了我在他們家居住。我現在可以做的，就只有邊學習邊等待——我本來是這樣想的。可是，在這個天真活潑的母親在旁，安靜學習基本上是不可能的任務。「這是英文嗎？什麼意思？怎麼唸？你為什麼那麼厲害？」「那換我問你。你為什麼總能自己做玩具？例如那幾張紙，有什麼好玩的？」母親笑了：「那是我們創造的遊戲，名叫「公仔紙」啦。對了！既然我們對彼此的事都感興趣，何不我教你玩遊戲，你教我讀書呢？」

自從母親提出這樣的建議後，我倆便每天都一起玩耍，一起學習，在這之前，我從沒想過「熱情奔放」這個字能用來形容我。我不再只愛讀書、公式化地畫圖或彈奏樂器了。我愛自己創造遊戲，喜歡跟別人相處，享受開懷大笑的感覺。「快樂」不再只是書本上的定義，而是能夠確實感覺到的正面情緒。原來人與人之間相處的神奇魔法並不只是創造出來的故事啊……

日子一天天過去，我在這邊的時空過得樂而忘返。一天，我要母親坐在陽台上玩「彈波子」時，她突然有感而發地說:「滙書，你真的很厲害呢。在遇見你之前，我都不知道原來知識蘊藏着寶藏。哈哈，我將來長大後自己的兒女改一樣的名字，並把知識技能宣揚出去！」我楞住了，手裏的波子滾走了都沒有留意。原來是我影響了以前的母親，她影響現在的我？我可就是她將來的，名叫「畢滙書」的女兒啊！為什麼我忘了來這裏的目的呢？為什麼我沒我意識到這是個循環？

我終於意識到我的愚蠢——穿越時空去找自己。既然我本來的目的沒有意義，那就是時候回去了，畢竟我不屬於這個時空。

還以為不辭而別的我能離開得瀟瀟灑灑，回到二零四零年後我反而卻戀戀不捨——我眷戀着舊時的那份簡單純粹。或許，反對「怪獸家長」做法的人是不想孩子沒能享受一去不返的純真童年，而所謂的「怪獸家長」不是希望孩子不會孤陋寡聞，並變得有修養。可是從過去回來後，我覺得名名利成就不是不重要，但若然有成就卻不快樂，那又有什麼意義？

評審 / 何故

評語 //

有別於其他說教式的參賽作品，這一篇「回到過去」的構思非常有趣！明明應該是「怪獸家長」問題的受害者，卻原來是自己親手讓母親成為「怪獸家長」，當中的因果關係，值得我們反省「怪獸家長」究竟從何而來？顛覆了一般人對「怪獸家長」問題的思考，甚至在「循環」中探討人生的意義。

紅塵誌獸

中華基督教會扶輪中學
F3
李依潁

千梅一片香雪海，風拂花浪，暗香疏影。

梅林中，楚風格子半掩半露，閣上有匾，草書「微涼山莊」。

重重雪白輕紗於風中飄揚，掀開處，窗外山層巒疊嶂，水漣漪瀲灩。遙可見，亭邊蓮亭亭玉立，潭中魚往來翕忽。

水面投影著閣樓，樓中案臺上文房四寶俱全，書萬卷，畫千軸。此番景象一見便知是書香門第。

雲夫人立於案臺旁，悶悶不樂的看著自己的女兒道：「琬琰，你都學了些什麼呀？」看著紙上寥寥無幾的幾個字，她心中一驚。她猶記得，昨日經過廚房的時候，下人的小孩都能背默《弟子規》了。越想越心慌意亂，囑咐女兒繼續學習，快步去尋自家相公。

覓迹尋踪下，終是在涼亭中找到了他。說明緣由後，只見對方一點也不著急，仍是風輕雲淡的坐在那裡。很有閒情逸致的一邊餵著魚，一邊慢悠悠說道：「娘子，琬琰還小嘛，你別這樣逼她。有時間該讓她多玩耍。上回她想去友人家，你都不讓呢。最後，她還不是乖乖的在書房學習了嗎？」雲夫人歎了口氣，很想指責他「但是本著賢妻良母的守則。故溫婉道：「相公所言極是，是我考慮不周，但是琬琰都七歲了，不知你有沒有為她尋好私塾？」

雲大人自是沒想到她會問這個，大方答道：「尚未。」立即叫來家僕，尋最近的私塾。

雲夫人皺了皺眉道：「相公，私塾的話，我建議不應以『近』作標準，那間德學私塾不就挺好的嗎？一來呢，琬琰可以學到其他私塾的兩倍知識；二來呢，琬琰上了那間私塾，便不會有空閒的時間去結交壞朋友了。正可謂是一舉兩得。」

雲大人思來想去，雖覺得此舉不妥，德學私塾雖好，可是離這裡山長水遠，女兒若是去了，得坐大概兩個時辰馬車呢。可看了看妻子喜出望外的表情，只好作罷，應允了這事。

約莫一盞茶的功夫，家僕來報：「大人，這德學私塾需要入學考試才能進。」

雲夫人一聽，暗叫不好，便惱道：「這德學私塾真是好大的架子，以琬琰的水平，怕是進不到了。這樣，阿福，你到時幫幫忙吧。」她指著家僕說。

誰知，琬琰這時跑了出來，義憤填膺道：「娘，您說過的，我們家是書香門第，平日裡更得因祖訓及聖賢書所說的格守道義。如今，這麼做不就是不擇手段嗎？」

雲夫人當下愣住，心想女兒才七歲竟能說出這話，看來是自己的不對，羞愧道：「琬琰，你說的對，娘從小教你要誠實，自己卻如此確是不對。」

出人意料地，平日裡看似愚笨的琬琰考上了那家私塾。雲夫人大喜，卻又不滿她只會讀書。除了上私塾外，又要求她琴棋書畫需樣樣精通，必須成為一個端莊的大家閨秀。

於是，母女間的日常對話便是這樣。

「琬琰，教你古琴的師傅今日來過沒有？」

「來過了，我正準備加緊練習呢！」

「琬琰，除了琴棋書畫，我還要請個師傅再教你女子四德及女紅，你要勤奮學習呀。」

「是。」

不知不覺間，母女之間只剩下了諸如此類的對話。可雲夫人並不大在意。因為，她當初也是這麼過來的。

看著女兒一日日忙碌，雲大人心裡卻很不是滋味。他祇有這麼一個孩子，自小便是「捧在手心怕摔了，含在嘴裡怕化了」。在他眼裡，女兒不能受一點委屈，寧願她什麼也不會，也不能如此辛苦。

於是，便悄悄辭退的女兒的一堆師傅，讓她去找友人玩。

幾次之後，雲夫人發現了這事，也顧不得什麼大家閨秀的面子了。當下，便去找雲大人理論。

「相公，你這不是過度保護孩子嗎？你這樣子，會使琬琰差其他名門望族的小姐一大截的。」

雲大人答道：「我這才是對她好呢。你成日逼著她學這學那，她多辛苦啊。」

雲夫人勃然變色，說道：「你那是對她好？你由她小時候就開始過分溺愛她了。她摔倒了，你就立馬扶起。她做錯了事，你也不罰！」

夫妻為此吵了好幾天。雖是各持己見，但最後雲大人還是拗不過他妻子，同意將教育女兒這事完全交給她管。

W W W

幾年後，琬琰長大了。她精通琴棋書畫與女紅，又熟知女子四德，確是一個大家閨秀的樣子。原本，她可以似其他養在深閨的女子一般，在及笄年華鳳冠霞帔。然而，「天有不測風雲，人有旦夕禍福」，微涼山莊因為生意上的糾紛家道中落了，雲大人做了苦工。

而他們一家遷移至了一個窮鄉僻壤，那裡寸草不生。一家人衹能過著一貧如洗的生活。

看著琬琰如今有一身才華卻無施展之地，由於自小常在家中缺乏與外界溝通的技巧，而當初自己卻連基本的生活技能都沒教她，更是剝奪了她與外界交流的一切機會，雲夫人終日以淚洗面。不久之後，她就重病纏身了。

病中，她看著女兒進出忙碌的身影，心忖：「琬琰，為娘和你父親自小希望你如名字一般，像《遠游》及《南史 ・ 刘遵傳》裡所寓意的成為一個知書達理的人，卻忽略了很多你成長中所需要的東西。我總是希望你做得更好，因此，愛拿你與別人作比較。現在才發現，原來我錯了。」

昨日種種，皆為眼界，盼登高望遠，今悔恨當初。世人無知，教育的對立面是操縱，那些擁有的，錯過的终是由自己承擔。

評審 / 黃獎

評語 //

寫古裝，不容易；用古裝的情節來表達現代人的情感，就更有難度！這位同學能夠掌握這方面的技巧，非常出色！

內容方面，對父與母之間的矛盾，有細膩的描寫，值得一讚！

結局時，用現代人口吻的一句「教育的對立面是操縱」，留下討論的空間，達到這個題目的效果！

我不是你心目中的第一

寶安商會王少清中學
F3
黃潔心

二零一一年　二月十五日

今天是家長日呢！老師稱讚我，我也笑著，只有媽媽板着臉。老師說我是一個很乖的孩子，媽媽卻說：「為什麼會考第二名。」看來媽媽真的很討厭二這個數字，她比較喜歡一，雖然不知道為什麼，那我也不喜歡二了，做第一名媽媽會更開心！

但是啊，媽媽離開的時候都不跟我說話。我想拖著她的手，她卻越走越快。看來我惹怒了媽媽呢…….我真是個壞孩子，明明可以做得更好才對。

二零一一年　七月二十三日

媽媽今天帶了我去學射箭，我的手紅了。雖然很痛但我不敢說出來。我問媽媽為什麼我要學射箭，她說因為答應了我嘛。似乎媽媽忘記了，我說想學的是乒乓球，不是射箭。

二零一二年　九月七日

下星期是我的生日！同學都說要來我家慶祝，我想像着大家圍著我切蛋糕和唱歌，我滿是期待！回家後我問媽媽可不可以邀請同學來家裏舉辦生日會，她說可以。好想快點到下星期，那我就可以和朋友還有媽媽開心地一起了，嘿嘿。

二零一二年　九月十四日

我討厭生日…我討厭媽媽…不喜歡！媽媽是個愛說謊的壞人！明明我坐在梳化等待同學來，她卻帶著我走。她帶我去到了一個白花花的室裏，對面有一個滿頭白髮的男人，穿着黑色西裝，看起來十分嚴肅。我不敢直視他投向我的眼神，我偷偷的望向另一邊。他向我做了很多測試，給我看圖形又問我數字。媽媽好像也向他說了一大堆話，但我什麼也聽不懂，只知道白髮男人說我是什麼資…優？。好奇怪，明明我沒做什麼啊，媽媽卻露出滿意的神情。不過，媽媽竟然把生日會偷偷取消了，我仍然很生氣！今天我不會再和媽媽說話！哼！

二零一三年　九月一日

終於升上五年級，沒想到我仍然保持着寫日記的習慣。今天開學還是有點緊張，因為我要負責開學禮的演講詞。暑假一過，又要面對功課補習真怕有點應付不來了。媽媽怕我被超越，所以由今天開始就制訂了時間表，讓我好好準備考試。好像從三年級開始，就沒考過第二吧？萬一有次我失手了，媽媽一定會大發雷霆。唉，努力吧！

二零一三年　十一月二日

今天我犯錯了，在上堂時有點睏而睡著了。老師告訴了媽媽，媽媽說是太放縱我，才會導致這樣。她沒收我的手機，不讓我夜晚和同學聯絡，後日才能專心上課。「和愚蠢的人交往對你不利，你要交和你有相同能力價值的朋友。」她是這樣說的，我不明白什麼是相同價值，但我會努力學會的。

二零一四年　四月五日

我被打了一巴掌，我犯錯了。我瞞着媽媽翹了補習社的課堂，卻被發現了。媽媽是愛我的，她說把所有最好的都給我，付出了這麼多心血，也是為了我。我也很愛媽媽，因為這個世界上沒有別的人比她更愛我了。可是，我開始高興不起來，是我變壞了嗎？

二零一四年　八月三日

問題仍然纏繞在我心裏，如個解不開的結。不知何時開始，我不再愛和媽媽交談，她總是在囉嗦我的成績和表現。我日夜不停地溫習，派選了心儀的中學，我渴望她的笑容讚賞，博取那一絲的認同。現在的我，仍然什麼都沒有。

二零一五年　二月十日

開學快半年，我卻未結識到半個朋友。大家認為我很無趣，我亦察覺得出他們有意無意的疏遠。明顯地，他們在背地裏議論我。我其實沒有太去在意，畢竟相同價值的人才會一起玩，他們都是廢物，不配做我的朋友。

二零一五年　六月二十九日

成績公佈了，無論每一科我也是登於榜首之位，同學無不感到驚奇。看着他們的神情，我只覺得他們每個也是井底之蛙，都是笨蛋。然而，我開始迷惘並找不到方向。我每天思索着讀書的意義，日以繼夜地想：為什麼我要跟媽媽給我的行程去活？哈，其實我也是隻籠中鳥吧。

二零一六年　三月十四日

「寶劍鋒從磨礪出，梅花香自苦寒来。」老師讓我們記住這個道理。我在想，寶劍的鋒芒是它想要的嗎？梅花的香氣若只是孤芳自賞，苦寒之日有何意義？慢慢我發現，我羨慕着那些我看不起的人。他們快樂地選擇自己的生活，而我卻是淪為名為束縛的傀儡。千律一篇的生活，我受夠了。

二零一六年　十二月六日

我和媽媽吵了起來，我說我想停止所有的補習和課外活動。星期一至日每天放學去到晚上八點，一切她安排的活動我都討厭，令我喘不了氣。壓力在萌芽，痛苦在蔓延，我渴望自由。她無情地忽略了我的訴求，把我推向了懸崖，更剪爛了我捉着的求命繩。貌似，我在跌入無底的深淵。

二零一七年　三月四日

她把我鎖在了房間，說是要懲罰我不聽話的行為。我躺在床上想了很多，一些離奇古怪的事。有時我會羨慕狗，它們能夠得到主人的擁抱和回頭；有時我會羨慕貓，它們小時可以在母親的懷裏，不用急於成長；有時我會羨慕小鳥，它們可以自由自在地飛翔，累了又能夠回鳥巢。若然人也能無牽無掛，瀟灑地告別，那可是世界上最美好的事。

二零一七年　五月十四日

以前的我以為，我的世界只有媽媽一個。現在我才發現，我根本沒有屬於自己的世界，我一直也是活在媽媽的影子底下。是時候完結一切了，那些一塌胡塗的事。我做了很多事想得到媽媽的愛，卻忘記了該怎樣愛自己。但一切也不重要了，因為現在的我可是最幸福的，正在實踐世界上最美好的事，我終於是自己了。

媽媽，母親節快樂。

評審 / 周子嘉

評語 //

同學作品文句流暢，以第一身的日記形式記述我對母親感受變化，並留有伏線，到底最後的完結是指甚麼？實在讓人深思。

怪獸與她的兒子

中華傳道會安柱中學
F3
呂崇節

為了減輕大學學費的負擔，我來了這裏當兼職，而阿榮作為我人生的第一個學生，現在看着他離去，前往下一個目的地，除了不捨以外，我只能暗地裏向他送上祝福。

初次見面，下午三點半時份，一個中產婦女左手提着一個名牌手袋，右手牽着一個大約十一歲的小學生，來到補習社交下了學費，職員便安排他為我的學生。他母親吩咐我道：「阿榮在呈分試中退了步，你一定要令他的平均分達至九十八分以上，好讓他進入一流的名校，接受最好的教育。」對於她這樣高的要求與口氣，使我嚇了一嚇，然而在這個追求「贏在起跑線」的社會內，家長希望子女入讀名校也是常事吧。雖然我沒有百分百保証去幫他進名校，但我也只能硬着頭皮答應她。

我對阿榮的第一印象是個戴眼鏡而且文靜的小孩，更準確點來說，是一個不大會笑，總是一臉愁容的孩子，如果同齡的小孩是群在草原上奔跑的羚羊，那他必然是頭老犀牛，心事重重，連靈魂也沉重不已。我問他有沒有功課，他搖了搖頭，卻拿出一本字典般厚的練習出來，我一看再次被嚇了一跳，你怎能叫一個小學五年級的學生去做中一的英文數學？阿榮嘆了一口氣說：「這是母親叫我做的，她說這是為了未來作準備。」

阿榮是個聰明的孩子，中一學生的英文數學居然沒有難倒他，真令我大開眼界，為了認識這「天才兒童」，於是我問他：「你每天放學後會做什麼？」他然後一口氣地把他的時間表背誦出來：「星期一，上一小時書法班加上另外一小時象棋班；星期二，上一小時法文班再加一個半小時的游隊訓練；星期三，上一小時柔道堂再加一小時日語班；星期四，學四十五分鐘豎琴加一小時詠春班；星期五，一小時德語堂加上四十五分鐘的法國號班；星期六……星期日……」我的腦再無法記下之後的內容了，簡而言之，是個百項全能的小孩吧，別忘了他還要忙裏偷閒來上補習班，生活比大多成人還充實。當他跟從母親離開補習社，向着他的課外活動班走去，我從他的身影裏看到千斤的

重量，這卻不是來自他書包內的「字典」的。

過了一段日子，他罕有地以喜悅的心情來到補習社，並告訴我他中英常所有科目都考得滿分，只可惜「遺憾失分數」，因為忘記寫單位被扣了一分，否則四科都滿分，我由衷感到佩服，像他這般資質優越又刻苦的學生，又怎需要補習？因此下課後，我向他母親報上喜訊，換來的反應卻是：「吓，差一分，都怪你不夠小心啦，不行，從明天起你必需再做更多的練習！」我錯愕地瞪大了眼回道：「阿榮已很用功啊，每天也做七十多道數學題，已經夠多了，還要更多？」她立刻反駁：「哼，都怪你失職，居然沒有教好阿榮，讓他犯下這般不小心的錯，還反駁我錯？」被她一罵，我只好屈服，以「九十度鞠躬」作道歉，「是的、是的，不好意思，我錯了，我下次會教導他得更好！」她「哼」了一聲，頭也不回地走了。阿榮失落地垂下頭，我看着他的背影，由正午的陽光幻化為黃昏裏的黑影。

我問阿榮：「你喜歡這樣的生活嗎？」

阿榮搖搖頭，神色黯然：「不喜歡！我問過媽媽是否要逼死我？……但媽媽說，就算我死了……她也會每天燒各科的練習給我……」

「……」我無言了！

時光流逝，我看着他由一個小五的哥兒成了快要升中學的哥兒，七月中旬，他母親沾沾自喜地說：「我家的兒子考進了某某名校，老師你日後不再需要為阿榮補習了，再見。」

我完全看不出那小子心中的雀躍，雖然這個結局是付出而應得的，但他在過程中並沒有自主，只是任母親擺佈的傀儡而已！看着他的背影走遠，我為他往後日子感到有點擔憂，然而只能在心裏祝福他。

「我們到書局買初中階段的練習吧！這個暑假務必要掌握中一至中三的學習點。」我隱約聽到那揠苗助長的母親說。

評審／黃獎

評語／／

故事流暢，用補習老師的身份說故事，難免有點距離感，生出一種隔岸觀火的感覺。男主角對學生的同情，停留在觀察階段，如果可以看出多一點細節，整個篇文章有更大的發展空間。

解脫

寶安商會王少清中學
F3
劉鳳棋

「我……我收到這份錄取通知了！太好了，我終於能實現我的夢想——當一名老師。」

幾年過去了，回想起當初這句說話，我真的覺得自己很可笑。老師？不，這個社會根本沒有老師，只有一個又一個怪獸家長的扯線玩偶。怪獸家長們慢慢地磨滅我心中的美好憧憬，我開始接受殘酷的現實。

「各位同學，早上好！」又開始新的一天，看著這班小朋友清澈的眼神，我期待著可以在未來這一年裏帶給他們快樂和待人處事的態度，以務求令他們在成長的過程中可以順利渡過一個又一個的難關。「上星期的默書，老師已經改好了，現在派回默書簿，請你們回到家裏記得讓爸爸媽媽簽名。這次默書最高分是允行，有九十九分。允行，請你出來拿回你的默書簿。」當允行出來拿默書簿的時候，神色低落，好像對自己的成績不太滿意。

此時的我並未發覺到這是惡夢的開始。

那天晚上，有一個奇怪的電話不斷地打給我，我根本不認識這個電話號碼，在掙扎中，我決定接聽這個電話。

「陳老師，我是允行的媽媽。為什麼你剛才不接聽我的電話？你這樣做有沒有老師的操守？我真的對你太失望。」電話那頭的聲音滲透著一種怒意。「為什麼我的兒子默書只有九十九分？連一百分都考不到，這證明你根本沒有真材實料去做老師！」

聽到這裏，我輕聲反駁了一句「其實九十九分不算考得差，允行已經是全班默書最高分的那個學生。」

電話那頭的聲音再度響起「老師，班裏考得最高分並不代表真的表現優秀，可能你那班的學生資質不比允行好，所以允行才輕易拿到班上第一的名銜。」

我不情願地說：「好！我會改善我的教學方式。」

我們的談話最後不歡而散。

以為這件事情會告一段落，誰知……

到了第二天，教員室裏氣氛凝重，我一打開門，所有老師的目光看著我並竊竊私語。我感到十分奇怪，難道我做錯了什麼事情？我立即問旁邊的李老師發生什麼事情，他告訴我原來我被允行的家長投訴，我並沒有感到慌張，平靜如水，我認為自己沒有做錯事。

回到課室裏，我首先要求學生們朗誦課文，當我經過允行的座位時，我發現他手臂上有大小不一的瘀痕，他的眼神閃閃縮縮，不斷用毛衣掩蓋他的傷痕。我認為這件事情不是想像中那麼簡單，於是我在下課後叫允行留在課室。

「老師，為什麼你要我留在課室裏？」允行慌張地說。

「允行，你是不是被人欺負？我看到你的手臂上有些瘀痕。」我說。

「沒有人欺負我，是……是我不小心撞到衣櫃。」他回答。

「不要再說謊了，是不是……爸爸媽媽打你？」我問。

聽到這句，允行的神色變得更倉皇，手腳發抖。「沒有！沒有！沒有！」他說。

他雖然沒有正面回答我的問題，但我心裏已經有了答案。

叮鈴鈴……叮鈴鈴……

「你好，請問是允行的家長嗎？我是陳老師。」

「有什麼事呀？」她敷衍地說。

「今天我發現允行身上有瘀痕，他是不是」

我還未說完，她便打斷我道：「允行身上有瘀痕？一定是你們這班老師沒有好好照顧他！」

突然，電話那頭傳出一把稚嫩的哭聲並說：「對不起，我以後也不敢了。不要…不要再打。」

相信她也知道我聽到了。

「陳老師，不要多管閒事，小心觸及我的底線。」

說完這句後，她掛了電話。

回到學校後，我立即把事情告訴給校長，希望他伸張正義。

校長卻回應：「陳老師，你知不知道允行的媽媽一年捐多少錢給學校？一千萬！若是她弄出甚麼事情，你、我，甚至整個學校未來將會難以想像。難道你不想繼續擁有「鐵飯碗」嗎？」

我說不出一句話，直接離開了校長室。眼白白看著自己的學生被虐待，卻無能為力，這一刻，我深深感受到作為教師的無奈和心不由己。

過了幾天後，我發現其他教師像之前一樣用奇異的眼光看著我，並議論紛紛。此時，手機突然傳來一陣震動，我的朋友突然跟我說我被人「起底」，我打開「連登」，按下那條最熱門的主題——「XX 小學教畜虐待學生」，我看到我的名字竟然被人提及，而那位被虐待的學生是允行，裏面有數以萬計的留言都是在攻擊我，而我真的無力反抗。在這一刻，我內心崩潰了。

那個熟悉的電話打給我，他幸災樂禍地說了一句：「還記得底線嗎？祝你好運！」

自此之後，我無論到哪裏我都覺得身邊有人不斷地指責我。父母們認為我是恥辱，對我唉聲嘆氣；學生們認為我是怪獸，都不敢接近我；家長們認為我是罪人，鄙視著我一生。我猶如畜生一般，苟且生存於這個世上。

這件事慢慢令我失去了活下去的理由，所有對未來的憧憬也漸漸磨滅了，對於自己作為老師的初心也消失無影了。

對不起，我真的沒有勇氣活下去。

我看著手上的那一瓶藍色藥丸……

評審／周子嘉

評語//

怪獸家長有多可怕？真的可以很可怕！同學筆下的家長的行徑看似很誇張，甚至毀了人的前途，但並非不可能！同學作品讀起來吸引，令人回味，期待同學日後創作出更多有趣的作品。

怪獸家長

粉嶺官立中學
F1
紀敏敏

和熙的陽光照耀著油柏路上，黑色的路面反射著淡淡的白光。四棵高大的松樹傲然挺立在校門兩側，夏蟬歡快地演奏夏天的交響樂，彷彿迎接夏天的來臨。悠揚的放學鐘聲響起，孩子們背著色彩繽紛的書包，踏著輕快的腳步，一奔一跳，紛紛跑向校門外，投入父母溫暖的懷抱。孩子滿臉歡樂，露齒而笑，急忙訴說著考試成績：「媽媽，我今次中文考到 80 分！」母親輕摸孩子的頭髮，以手帕抹去孩子額頭的汗水，溫柔地說：「乖孩子，你今次進步了！」兩母子以大手拖著小手，踏上回家的路途。我注視著他們，眼神中流露羨慕和忌妒，內心深處渴望擁有這樣的母親。可惜，可惜我的母親是怪獸。

伴隨著夏蟬低鳴聲的消失，藍色的鐵製大閘前空無一人，只留著一條小門縫。我站在校門旁的小花園，肩膊上背著可愛的小熊維尼書包，等待著母親的到來，心裡盤算如何回答母親。

「噔噔噔」的高跟鞋聲音劃破寧靜的氣氛，空氣中充斥著緊張的氣味，我的心臟扑通扑通地跳動，強烈的心跳聲彷彿預料數分鐘後的噩耗。高跟鞋的聲音越來越大，母親越來越接近我，但我卻佇立原地，不願意移動身體。鐵製的校門發出低沈的聲音，高跟鞋的聲音嘎然而止。

「一心，今天的考試成績如何？」背後響起了熟悉而尖銳的聲線，我知道自己逃不過，逃不過被怪獸捕捉，然後狠狠吞噬的命運。我緩緩轉過身子，低頭看著黑色的皮鞋，躲避怪獸的目光。「你今天的考試成績如何？」尖銳的聲線提高八度，一字一句狠狠刺痛我的耳膜。母親用力握緊我的肩膊，長長的指甲刺進我幼嫩的肌膚。「你今天的考試成績如何？」我微微抬頭，眼睛接觸到母親的目光，語帶膽怯地說：「英文、中文、常識都考到滿分。」我手心冒汗，身體顫動，繼續說：「但……但……數學考得 97 分。」

我凝望母親鐵青色的臉孔，雙眼突出，瞳孔透出洪洪怒火，彷彿燃燒著我的身體。雪白的校服沾滿了汗水，緊貼在我的背脊。斗大的汗珠劃過我的臉頰，我緊張地嚥下口水。空氣彷彿停頓了，時間彷彿靜止下來，四周只餘下我，還有充滿怒意的母親。我等待著母親的審判，默默遵從母親的發落，希望母親能狠狠地責罵我，發洩憤怒的情緒。因為我知道，我知道沈默的背後充滿了盤算，我會被打進無盡的煉獄內。

「噔噔噔」的高跟鞋聲音再次打破死寂的氣氛，靜止的空氣再次流動起來。我默默地跟著母親身後，拖著沉重的腳步，穿過學校那道沉重的鐵門。我看著母親的大手，想母親拖著我的小手，但瞧見她緊握的拳頭，青筋透出在她白皙的肌膚上，我知道，我的母親在強壓心中的情緒。她的教養不允許她在家外動怒吼叫，想必心中已響過千萬遍的怒吼。夕陽的餘暉斜照在母親的身上，母親高大的倒影打在地上。我注視著母親那黑色的倒影，形狀古怪而充滿猙獰，彷彿張牙舞爪的怪獸般。我和倒影保持一定的距離，彷彿不小心走近，就會被怪獸緊抓，無情地吞噬。

待我雙腳踏進家門，母親趕忙關閉木門，我已不捨的眼光看著木門外的風景。隨著木門一絲絲的移動、關閉，門外的風景拋在身後，再與我無關。母親發白的爪子用力抓緊我的手腕，狠狠把我丟至房間，迅速地緊閉房門。我自動坐在書桌前，注視在貼在牆壁的時間表。星期一學習跳舞，星期二學習豎琴，星期三學習羽毛球，星期四學習游泳，星期五學習劍擊，星期六學習法文，星期日學習西班牙文。每天七時起床，經過學校緊密的課堂後，再參與活動至下午六時，晚上做功課和額外的補充練習，直到完成指定練習，往往捱至凌晨一時左右才可以上床睡覺。我的內心不禁嘆息，嘴裡暗暗責怪自己的不小心，看錯題目用錯公式，3 分白白從我手中溜走。我的雙掌合十，低頭祈求上天憐憫可憐的我慘嚐六年天昏地暗的操練生活，希望母親輕饒我。

房門再度打開，堆積如山的練習本「彭」的一聲落到我的眼前。「你真的是沒用的傢伙！你學習一下鄰家就讀名校的哥哥，人家剛在文憑試成為狀元！」母親如白骨的手指用力地戳我的額頭，彷彿想戳破我的腦袋才能以洩心頭之狠。我默默地承受著一下一下無情的攻擊，內心深處默默地淌血。「你今天做完 3 本數學練習本才可以睡覺！」母親頭也不回地離開房間，用力地關上房門，房間內回復一片死寂。

我握緊書桌上的鉛筆，翻開第一本數學練習，逐道題目作答。時鐘響起滴答滴答的聲響，分針慢慢地走過一圈又一圈。鉛筆的黑色筆尖劃在雪白的紙面上，我依據數式顯示的答案，寫在等號旁邊。終於完成最後一道題目，我合上第二本練習本，用手心感受練習本的厚度。

我揉揉眼睛，伸伸雙手，身體向左右擺動，打算休息兩分鐘。一道寒風吹襲我的脊背，我的身體不自覺地哆嗦起來。我斜看房門，房門露出一絲門隙，黑暗中透出兩道我知道隱約的白光。我知道，那兩道白光來自我的母親，來自母親的瞳孔。母親靜默地窩在門後，彷彿怪獸等待著獵物般，隨時衝出擊殺獵物。

我重新拿起書桌上的鉛筆，翻開第三本數學練習本。或許，沉默就是我的態度。我默默承受這種目光六年了，也默許這種目光繼續凝望著我。

評審／黃獎

評語//

文筆暢順，感情真摯，對母親的描寫也很形象化。可惜，劇情單線發展，在創意市面發揮不足，應該在這方面多加注意，必然會有明顯的進步。

怪獸的傀儡

中華傳道會安柱中學
F3
陳恩施

我剛從一個苦海逃出，那痛楚令人刻骨銘心。身上的衣服早被汗水打濕，腳足的刺痛讓我本能地看着自己的腳。難以置信的是由前幾個時辰前的「大腳板」變成一雙金蓮，這樣的小腳真的能走路嗎？我緩緩把腳放在地上嘗試站起來，卻狠狠地摔倒。摔倒的聲音驚動了王嬤嬤。

王嬤嬤急道：「小姐，妳怎麼起來了，快，快躺下……」

我默不作聲地被扶起，嘗試再次站起來又摔下來，不斷重複直到一把聲音說：「夠了！清兒別再無理取鬧，不就是紮個腳而已。妳這樣有必要自虐嗎？」這時的我早已淚流滿面，吶喊說：「我在無理取鬧?! 我不是說我不要紮腳嗎？您們把我迷暈紮腳，現在我連站起來都不可以。您滿意了？」

「娘曾經也不願紮腳，特別明白你的感受。但你要明白大家閨秀無一不紮腳，紮腳女子才能找到好婆家。」我娘，白夫人輕描淡寫地說一些「安慰」的話後，便吩咐下人好好照顧我。我抬頭看星空，星辰黯然失色。但那虛弱的星光正頑強地閃爍。

從那天開始，我變得「叛逆」。不再碰琴棋書畫。沒有大家閨秀應有的知書識禮和大方有度。只會吃喝玩樂，每天在街上玩樂，回家時都會被娘痛罵一頓。「小姐，妳怎麼又爬到樹上了？」王嬤嬤着急地說「快下來，一會被夫人知道又要被罵一頓……」

「王嬤嬤！你在做什麼？小姐呢？」剛回府的母親大人看到王嬤嬤着急地盯着樹上，又清楚自家女兒調皮的性格，不難猜到王嬤嬤在着急什麼。白夫人心裡嘆口氣，對樹上的我說：「清兒，妳讀完《女則》、《女訓》和《女誡》了？」

「我還以為娘親會看不見我，娘真厲害。」我連忙跳下樹，邊抱著娘的手臂邊向後瞪王嬤嬤。「你別瞪了，娘跟你說，女子在這世界裡就是要貞順淑雅，未嫁從父、既嫁從夫、夫死從子。娘是為妳好，妳也老大不小了。得把《女則》讀熟，收心養性，不然嫁不出讓人笑話……」聽着娘的教誨，我走到湖邊看着自己的倒影。心想着我已經被困縛了，我只有一個小小的要求罷了。自由自在地走一遍天下，不想只渾渾噩噩在四面圍牆中度過一生。但我不甘又如何，水流會改變嗎？

過了幾天，我被叫到大廳。「清兒，今天叫你過來有事要通知你，下月十五你便和墨家公子完婚……」母親大人放下茶杯說着。

「墨家公子？誰？我不認識，不嫁！」

「這不是和妳商量，是要妳好好準備。找了裁縫為妳量身訂做，好讓妳風光大嫁。」母親大人氣急敗壞地看着我。「如果我不依，您會像以前一樣把我迷暈送上花轎。對吧？」我直視母親大人的眼睛，想看透娘的想法。但娘一副「我會這樣做」的樣子，讓我無法接受這樣的事實便跑出大廳。我跑到湖邊放聲大哭，為什麼小時是這樣，長大了也是這樣，我就不能掌握自己的人生嗎？

「小姐，妳又何苦這樣呢？」王嬤嬤唉聲地說：「墨家公子不但才華滿溢，又俊逸出眾，會是好丈夫。」

「嬤嬤，從小到現今沒有什麼我可以自己掌握，紮腳如是，婚嫁如是，難道我沒有選擇的權利？」

「小姐，夫人都是為妳好了！妳就順順夫人的意吧！」

我抬看那星辰，它早就消失得無影無蹤了。我也累了，也許我早點放棄掙扎。真可笑，這些年的掙扎到頭來還是一場空。反正這些早就沒關係了，我不想紮腳也得紮，不想盲婚啞嫁也由不得我，我已心灰意冷。只能順從父母之命，我這生，做一個永遠被父母玩弄在掌中的木偶罷了！ 一個父母親的傀儡，何來自由可言？

評審 / 何故
評語 //

以古代封建社會女子被逼紮腳來比喻現代「怪獸家長」的問題，作者成功借古諷今，那句「夫人都是為妳好了！妳就順順夫人的意吧！」簡單是對廣大「怪獸家長」當頭棒喝！最後主角放棄抗爭，甘願成為「父母親的傀儡」，或許會太過悲情，卻寫出了不少時下年輕人的心聲。

推動生命教育，灌輸人生價值，
扶助弱勢社群，鼓勵互愛互勉。

——生命勵駿基金會 宗旨

「高中組」

怪獸病毒與護童會

賽馬會毅智書院
4F
陳俊佑

「我們是護童會，請各位倖存的孩子馬上趕往地下避難所，我們擁有足夠的食物，我們也可以提供一個安全和沒有壓迫的環境。」一個裝在大街上的擴音器不斷重複播放這一句話。

我叫柏翹，是一名普通的中學生，我原以為自己這一生都只會平平淡淡地渡過，但沒想到從今年十月開始，香港就爆發什麼「怪獸病毒」，我一開始都不以為意，但看著我弟弟的遭遇後，我才知道，我們要完蛋了！

我檢查了房間是否已經鎖好門，我走去窗戶那邊，在我眼前的，就只是空無一人的大街，整個城市就跟鬼城差不多，而街上就貼滿了「別讓孩子輸在起跑線，補習作業你需要」、「興趣自小要培養，證書實現你所想」、「孩子都是資優生，行為偏差不要緊」這些標語，自從怪獸病毒在香港爆發後，這一條街差不多都貼滿了這些標語，而今日是病毒爆發的第四個月，現在所有玩具和遊樂設施都差不多被那些感染病毒的家長燒光了。

「到底這場災難什麼時候才完結？」我一邊嘆氣一邊說。

「轟轟轟」房間門後不斷傳來撞擊聲。

「怎麼回事！」我被嚇得瞪起雙眼叫道。

「哥哥，來做練習吧，來一起去補習吧！」門後傳來一陣稚嫩的說話聲。

這下糟了，他們要撞門進來了，我連忙四周查看，看看我房間是否有可以保衛自己的東西。

「轟！」房間門被一隻腳踢了一個大洞。

「柏翹，媽媽幫你報了鋼琴班、小提琴班、游泳班，全都有證書頒發的，快出來和弟弟一起去上吧！」門後傳來一陣低沉的女聲。

看著房間門被越撞越開，手無寸鐵的我根本不知道該怎麼辦，只知道，如果我被他們捉住，就只會變成一個被人控制的機械人，不斷做練習、補習和上所謂的興趣班……我看了看窗戶。

「三……三層樓，應該沒事的……」我雙手不停地顫抖，臉頰不斷流起冷汗。

「轟！」房間門被一腳踹開，倒在我的面前。

「柏翹，媽媽這麼愛你，所做的一切都是為你著想，你怎麼就不明白呢？報這些補習班、興趣班都是為你好的！」那名陌生的女人用那鮮紅色的雙眼看著我，她一邊用力地說，唾液也一邊在她口中噴出。

我知道她已經不再是我媽媽了，現在的她，只是一個怪物，我看了看窗戶，然後便往窗戶方向跑去。

「哐啷！」玻璃窗被我撞得整個都破碎了，而我也因地心引力的關係，重重地摔在離我有三層樓距離的地上。

我眼前一片迷濛，慢慢地我的意識也開始變得模糊。

「根據最新研究顯示，怪獸病毒只會傳播給已育有子女的人士，而一旦染上怪獸病毒，染病初期會對子女服侍周到，處處保護。繼而為了令子女獲得好成績，不斷幫子女報大量的補習及興趣班。嚴重的眼睛會變紅，經常情緒失控，到處投訴。而政府亦將感染者稱為『怪獸家長』，亦向公眾表現研究團隊正研究解藥，請市民切勿過度恐慌。」這一陣聲音從我耳邊傳來。

慢慢地，我的意識開始恢復正常，嘗試站起來，原來又是那個擴音器播放的語音。

「好痛！」我大聲叫道

我看了看小腿位置，看見小腿及盆骨位置都有嚴重的紅腫，大概是骨折了，我每走一步，都迎來了一陣劇痛。

「疼死我了！」我按著盆骨位置叫道。

我忍著疼痛往那個地下避難所走去，現在的我就像背著數百公斤的鋼鐵一樣，寸步難行，一滴滴汗水從我臉頰流下，而我的衣服早已被汗水侵佔，而濕透的衣服也加重了我的負擔，我的意識又開始慢慢地模糊起來……

「醒醒，快醒醒！」一陣粗獷的中年男子的聲音讓我的意識開始慢慢地清晰起來。

「你……你是誰，我……我在哪？」我用盡全身的力量說。

「我是護童會的成員之一，我叫志成，我在巡邏的時候發現你暈倒了在大街上，然後我就把你帶回地下避難所了，看你的樣子，是從怪獸家長手裡逃出來的吧？」志成一邊整理背包一邊說道。

「對，到底發生了什麼事？為什麼我的媽媽會變成這樣？以前的她不是這樣的，她會尊重我的愛好，又不會迫我報那些我沒興趣的興趣班！」我激動地說道。

「在地下避難所的孩子和你的情況也差不多，經過我們護童會的多番調查，我們終於查到了病毒來源……」志成話未說完就被我打斷了。

「病毒來源？這病毒到底是從哪裏來的！」我激動的瞪著志

成說。

「你先冷靜一下，我們查到了病毒來源是從教育局那邊傳來的，據說教育局局長因為不滿現今學生的成績一直下降，於是就研究怪獸病毒，之後再將其釋放，讓全香港家長變成怪獸家長。」志成說。

「那…那怎麼辦！」我捉住了他的衣領然後說。

他輕輕掃開了我的雙手，把剛剛整理好的背包背上，「今天護童會就會找他算帳，你放心好了。」志成說。

「帶上我，請你帶我一起去」我看著他說。

也許是因為我堅持的眼神，成功感動了他，他最後也是答應了我一起前進，他隨手拿起一支鐵棍給我，「拿去當枴杖用

吧。」他說，我用那支鐵棍支撐著全身，一枴一枴地跟著志成走

我跟著他來到了地下避難所的出口，在我面前的是一群背負著重大使命的英雄，「出發！」志成大聲叫道，他的聲音不斷在這地下避難所中回響，而我們也紛紛地走出地下避難所，往那病毒之源出發。

「到了。」志成用手擋在我們面前，而在我們面前的就是教育局的大門，在志成的帶領下，我們進入了教育局，由於裏面實在太黑了，我拿出手機，打開了手電筒，而當我照了一下裏面的牆壁的時候，我看見了許多補習社的報名表格。

「轟！」

「什麼聲音？」眾人慌張地說。

我照了照四周，但並沒有任何發現，突然太量書本從天花板掉落下來，並擲向眾人「糟了！是陷阱！快走！」志成叫道。

不過一切都太遲了，只有我和志成成功逃離，其他人都被書本淹沒了「先別管他們了，先把局長捉住再救他們。」志成說。

我和志成走到了局長辦公室，志成打開了辦公室大門，在我們眼前的，是一個滿頭白髮的老人，然後伸著腳坐在沙發上，似乎在等待我們的到來。

「終於來了，但老實說我也只是做好事，站在教育的立場成績當然是最重要的！家長們辛辛苦苦養育孩子，那孩子就一定要用好成績去回報家長，難道有錯嗎？」局長說。

「成績？成績並不是評價一個人的指標，而強逼孩子去上他不喜歡的興趣班，也只會扼殺了孩子的理想，你覺得這還是對

的嗎？」我說

「我勸你還是釋放解藥，讓怪獸病毒從家長身上離開！」志成說。

「警察！所有人都別動！」一名男警員說。

「局長，總算找到你了，我是國際刑警，首先在我捉你之前請馬上釋放解藥，謝謝合作。」國際刑警笑著說。

「你們以為問題就這樣解決了嗎？太天真了！真正的兇手仍藏在暗處……哈哈哈……」局長說完之後，失了控的不斷大笑，再用力地在電腦上按了一下。

「解藥已經釋放。」電腦發出聲音。

「請你們回去錄個口供。」男警員對我和志成說。

當我錄完口供，慢慢推開警局的大門，在我面前的是媽媽和弟弟，他們跑過來抱著我「對不起，讓你受苦了，是媽媽不對！」但由於我有傷在身，迅間跌倒在地上，「怎麼了，你受傷了嗎？我帶你去醫院做個詳細的檢查。」媽媽緊張地說。

我看著她，輕輕說了一句「我沒事。」

「但……媽媽，你……你的眼睛怎麼還是紅色的……」我一邊顫抖一邊說。

評審 / 周子嘉

評語 //

作品寫起來生動有趣，構思亦見用心，讓讀者輕易投入其中。本文屬是次比賽中其中一篇我喜愛的作品之一。期待同學日後能繼續寫作！

怪獸家長每年一會

陳梓盈
15歲
在家自學

「為什麼他們被標籤怪獸家長？他們不是出於愛嗎？如果我母親仍在世，我會渴望她這般體貼。」

他問我，我頓時語塞

他是誰？一切要由今天的戰局説起……

今天較早前，在農曆大年初一的老家裏，依舊上演着一場攻防戰，戰士們的喧鬧聲一遍又一遍橫掃着我的耳蝸。

場上的兩幫人碼分別為一群七嘴八舌的長輩家長們和閉口不言的後輩孩子們

他們都裝備好自己一套的武器和法語，一邊唸唸有詞，一邊準備攻擊各家只顧着誰勝誰負，不作聲的我好像被隔開一邊了。

突然，如「呯呯！」的兩聲槍聲，手機傳來滾燙的新鮮訊息，似乎通訊群組裏也在開戰！

我看著周邊的眼色，拿着手機悄悄地走到一旁看群組戰場裏的熱鬧。

看一看，原來一個叫小敏的朋友發了篇百字文，投訴家裡長輩的每發攻擊，皆在践踏自己的自尊心。

比如三姑一邊質疑她「今年全校排行多少？讀美術有前途嗎？」，六婆又一邊附和「我的兒子去了哪間名牌大學讀書，要當醫生，怎麼你還是個副學士？」

不過把訊息滑到底，竟看見內容提及我自己的名字。

原來，她問我一直不作聲，是否已經躲過了這場大屠殺……

我吁了一口氣，面如死灰，轉身看著舅母、老公公和其他親戚，絕望地搖搖頭，留下這句回覆「若然未報，時辰未到。」

果然，戰場的召喚馬上響起，我一不小心，與舅母對上了視線，她向我走來，看來我要帶好武器和清醒的頭腦，自信地微笑着，面對來勢洶洶的敵人。

唉，怪獸出現了，守護正義的超人呢？

「表妹！最近學業如何呀？我兒子都進大公司工作了！」來自非本方陣營的問候，突然賞了我一記耳光！看來千萬不能輕敵，否則戰鬥力將迅速減至負數！

「我不錯啊……舅母你呢？」我裝着游刃有餘地回答，但都冒了冷汗，幸好我早就看過名為「面對農曆新年親戚十八式」的秘笈，懂得適當地反彈問題。

「哎呀別提我了！聽說你出來工作了？」

沒想到秘笈教的東西竟不管用，究竟是敵方太死纏爛打，還是我作戰力太弱了？此刻只想叫對方省點心，先管好自己，但為了最終寶藏紅包，暫且忍一忍，掛上虛偽的佛系微笑。

她撥了撥那束秀髮，又問「工資多少？我兒子都加近四十個百分比了。」

終於重點問題來了！這狠勁的節奏簡直把我看呆了，呆了半响，快魂飛魄散。

就在這時，大表哥突然把我從這凶險的戰場上呼叫出來，讓我暫時登出這場遊戲。

他看著我回不過神，噗哧一聲笑出來，我眉頭一皺，他即悄聲解畫：「小表哥能進大公司，都是因為舅母的中學同學是高層，甚至陪着他一起面試，這樣對上誰能沒有壓力？哪敢不請他？」

其實，每年鬧得火藥味最濃的，就是這兩家人了，一個長兄一個老么，性格截然不同，但口吻卻是同一模樣，彼此都堅持「我家兒子比較優秀。」

家長總喜歡在白天對孩子催逼加壓，夜裏鞭策他們要刻苦耐勞，最後換取了戰績，就在這裡一次過攤牌。

我啃着手指甲，覺得尷尬，我可不想插手吹捧，然後家長又把我夾在中間。

不過大表哥的父母隨和，他自己又不把學業放在眼裡，倒感覺這位兄長平常頗休閒的。

突然一陣怪獸的咆哮聲從大表哥的衣袋裏大聲發出，他拿了部手機出來。我禁不住偷看，他手機的這個特別鈴聲，原來標示著「母親大人」四個字！

我目瞪口呆地看著他，大表哥冷靜地搖搖頭，舉起手掌示意我停下這誇張的表情。

「不像嗎？」他問：「其實我媽吼我就是這個聲音，一模一樣，你也別那麼認真，裝聽不到就好。」語畢，他就拍拍屁股走人了。

我瞪大眼睛，眼神更疑惑了！

就在這個空氣凝結的時間點，剛才向我拍照，一直注視我的老公公，捋着黑色鬍子，手握着紅包，坐在我面前，我就再次掛上佛系微笑應酬他。

誰知他卻開始說着奇怪的話：「今年是第幾年了？這裡還是沒有變過。」

「你們那些親子關係一樣複雜，表面奉承，實際卻一肚怨氣，但沒有人說出來，我卻一直看著。」

我不理解他的意圖，只見他默默掏了部舊式照相機出來，點開了一幅幅照片讓我看。

全部都是農曆新年的場境，小孩在笑，父母在笑，只是那些照片是黑白色的，說明很古老，到了開始出現彩色照片，明明所有事情該更明亮，卻見孩子開始苦着臉，父母臉有榮光。

這個是什麼？時光機嗎？

我覺得匪夷所思，問老公公是誰，他只是指着照片一再提問。

「為什麼他們被標籤怪獸家長？他們不是出於愛嗎？如果我母親仍在世，我會渴望她這般體貼。」

「剛才我嘗試融入那些父母，他們都在笑，視線由始至終都看著自己的孩子，就算是你們不喜歡的行為，他們不是都只是捧你們在手心嗎？」

我不言不語，良久，我道出心聲：「讓我們獨立不好嗎？我們自己可以一闖天下，自己走路和成長，不需要父母親給我安排。也許，有些人認為我反叛，我卻覺得是被迫的。」

「那是你不懂這份愛。」他輕輕地說。

「這是扭曲的愛！」我反駁：「他們真正在意的不是我有多了不起，而是他們的虛榮心有沒有被滿足。」

孩子需要超人，超人卻變了怪獸。

老公公搖搖頭嘆息，他可能覺得這裡一切都變了，也可能認為溝通不下去，哀着臉。我只覺得對牛彈琴，他根本不懂，只是在胡鬧。

最後他留了一句話：「在我的童話故事裏都期許好的一面，可惜現實不是童話，但某一天你或許會懂這份苦心。」然後，塞

了一封紅包給我。

那天結束回家後，我悄悄地拆開那封紅包，裏面藏着由我出生至今每一個新年的照片，我看著我們的表情動作隨著年份改變。

最後看見一張照片是在我小時候爸爸扮演超人，抱着我飛的相片，後面寫着：

「正義的超人其實是怪獸的朋友。」

這句話下面的簽名是「華特迪士尼」！

（咦？我家哪來一個姓華的親戚？）

評審 / 何故

評語 //

作者的創意與文筆兼備，將一場「農曆大年初一的攻防戰」寫得生動活潑，不落俗套，成功引起讀者共鳴。對於孩子們，「孩子需要超人，超人卻變了怪獸」固然是一大悲劇，最後「正義的超人其實是怪獸的朋友」的感悟更是悲劇中的悲劇，值得「怪獸家長」們好好反思。

寫我的自私，續他的夢想

寶安商會王少清中學
F4
劉恩儀

水簌簌流過，怎麼沖都沖不走污漬，廚餘的惡臭味侵入了身體的每個細胞，水漬在腳下徘徊不去，積滿內臟。手掌上的繭是在後廚忙碌的結果，是沒有學歷的結果，沒有學歷就是沒有人生，所剩無幾，只剩骯髒的碟，只剩碗碟碰撞的聲音，敲打我空洞的人生，留下一絲血紅。

結婚後，我的生活就圍繞著孩子，看著孩子開始爬，開始走路，彷彿一切都值得。我記得一部電影中曾說過，母親是自私的，用孩子來填補自己的生命，是的，我大概就是那位母親，孩子就是另一個我，將開展新的人生。

記得孩子已經懂得說話時明亮的眼睛，不似我，也不似他爸爸。孩子拿起書，我為漂亮的他朗讀故事。窗外永恆的夜星輕輕映照他安詳熟睡的臉，目光難以離開他，唯有望著他入睡。

孩子上幼兒園了，我為他安排國畫班、數理班、英文班。

他很乖，回家時他跟我朗讀了幾個我這輩子都沒接觸的英文字，我欣慰地笑了。他如我所願地走著他的安康大道。雖然那天他打了幾個大哈欠，我非常心痛，但我得狠下心來。

很快孩子已經大了，他在學校名列前茅，人緣非常好，是個乖孩子。那時我第一次參加他學校的畢業禮，無意中，聽見其他家長議論著他，說他年紀小小就掛著厚重的眼鏡，眼下深刻的黑眼圈顯得他異常憔悴，都不知道孩子他媽究竟是怎麼想的。我的心頭震了震，內心掙扎著。但一想起那曾經空虛恐怖的回憶，就決定狠下心來，一切都會是值得的。

最近，孩子開始叛逆了起來，一切都是手機的禍。有一次，他拿著手機與人聊天，漠視我的勸說，我頓時覺得這世上的粒子都在憤怒地震動著，愛幻化成岩融般的怒氣。我一巴掌摑了過去，他的眼鏡飛落，鏡片如諷刺的流星碎滿一地。他一臉驚恐，淚水如不斷的線，劃過他的臉龐，那天記憶猶新。我只是不想他像自己一樣……我張開雙手質問自己幹了些什麼，冰冷的液體掉落粗糙的手掌。

不只是一次，不知為何他就是執著於繪畫。但他的手天生就該是執筆的啊，該是那握滿學歷獎狀的啊，畫畫只能洗碗的啊……我立馬搶過他的畫撕得粉碎，如同將我過去糟糕不堪的回憶撕得粉碎，只能怪我當初讓他學國畫。我回頭望他，沒有淚水，我愣了一愣，瞥見他空洞暗淡的眼神。我堅信著我只能是對的。

孩子 16 歲了，他的成績表上有了顯眼的括號，是不合格的表示，如同血色般核人，偏離了他的安康大道。我把他斥責了一番，在那之後，他跑走了，如同獵物般從獵人家幫忙逃跑。自此，他就在我的手中溜走了，這是否因為我的手勞損過度才抓不緊他呢？

他每天大半夜才回家，我威脅他，把他的畫都是撕掉，那麼他就該重回我的懷抱了吧？畢竟是孩子，我是他的家長監護人對吧？果然，他就范了，一切都是為了他好而已。

只是，那天回家，打開門，才發現孩子真的從家長的手中溜走了……家的窗台打開著，黃昏溫暖照耀，血泊攤在地上，泛著白光，悄然不覺腳下的影子黏附地上張牙舞爪。

如今，我讀上了碩士，做作家，寫著我的自私，續著他的故事。

評審 / 黃獎

評語 //

出色的文筆，令本文十分顯眼；對於窮苦媽媽的描寫，細膩而富感染力。

不過，當結局時，又走回「怪獸家長導致愛兒自殺」的老套路，差點要扣去很多分數。幸而結局後再有結局，媽媽延續愛兒的夢想，代替兒子的精神，繼續奮鬥，做了一個好示範，只要用心思巧，普通情節也可以變化萬千。

那個怪獸家長

天主教培聖中學
F4
王若

又是一個下雨天，淅淅瀝瀝，飄飄灑灑，如針如絲。我撐著傘站在小學門口，去接大寶。

「媽媽，灰太狼是壞人嗎？」已經上了一年級的大寶背著書包衝出小學，仰著他天真的小臉問我。

「它老是想要吃掉喜羊羊他們，你說壞不壞呢？」

大寶若有所思地點點頭，和在遠處的俊亨揮揮手。

為轉移他注意力，我便隨口吩咐了幾件今天他要做的事情。

誰知往日隨媽媽一樣懶惰的大寶竟然一一應允，到家後還殷勤地為我捏腳捶背，這絕對有鬼。

為查明真相，我大手一揮，開門見山地問道：「大寶，求你媽啥事呢。」

他則低下頭，女孩兒家的姿態，扭扭捏捏道：「俊俊…俊亨媽媽邀請我和你這週末去他們家玩。」

我原以為又是懇求我給他買一部和俊亨一樣的蘋果手機十這種難事，沒想到比這個還要困難棘手。

說起俊亨，我覺得世界上沒有其他人會比我們家的人還要瞭解他，還有他的媽媽。這全歸功於我的好兒子，導致我們每日餐桌話題都是圍繞著「俊亨」展開的，例如俊亨想要什麼他媽媽就給他買什麼等等諸如此類。

對此，我甚是惱怒。

俊亨的存在使我兒存在攀比心理且愈發的懶惰。

儘管他們是好朋友，我也想方設法地想要分離他們。

非常可惜，我的離間計最後以失敗告終，潘先生完美地阻止了我。

這次俊亨的邀請，潘先生也一並替我答應了大寶。

若不是大寶是我十月懷胎生下，我真的會去醫院驗個親子證明，看看他到底有沒有潘先生的血緣。

潘先生一臉淡定安撫道：「俊亨媽雖然有點溺愛子女，但你和她見面不至於把你吃掉吧。再者，俊亨人品不差，樂於助人，何必因為這種小事不讓兩個孩子交往呢？」

俊亨媽豈止有點溺愛，完全就是怪獸家長！

我已經不下十次聽到兒子一邊眼巴巴地望著我，一邊說俊亨都不用自己穿鞋，穿衣服，吃飯等等。

我忍不住一邊揍他，一邊大聲質問：「大寶你懶到這些活著的基本小事都不想做嗎？你可沒有少爺命。」

說實話，我實在不想與這樣的家長有什麼交際，不過出於曾子殺豬這個故事，只能無奈赴約。

俊亨媽媽是一個精瘦的女人，有股淡淡的斯文氣。她與俊亨在門口迎接著我們，笑得十分溫柔。我們把傘放好，一起脫鞋入室。

大寶還偷偷示意我「欣賞」俊亨的專屬鞋櫃，真是令人哭笑不得。

此時耳邊傳來的卻是俊亨媽媽讚揚大寶自己脫鞋，我的嘴角不自覺地向上抽筋。「俊亨吶，一會兒變形金剛升天的時候，你要自己舉起來哦，不要麻煩客人。」在俊亨拉大寶進房間時，他的媽媽「細心」囑咐道。

我則安安靜靜地坐下發呆，腦海裡只有一句話：道不同不相為謀。

俊亨媽媽看著我的舉動，笑了笑，坐在我身邊，說要給我講個故事。

那是一個農村小女孩的故事。當時的中國社會，仍然是根深蒂固的重男輕女思想。因此作為家中的老二，唯一一個女孩，女孩生下來就注定沒有人疼愛。

上有受父母器重好學的哥哥，下有機靈可愛的兩個弟弟，她的存在是陪襯，是整個家庭瑣碎事的承擔。

當年長她兩歲的哥哥在家長侃侃而談校園生活時，她要做的是面對無窮無盡的家務事和柴米油鹽醬醋茶；當兩個弟弟也先她一步上學時，她要做的是受人隨意安排是嫁人或打工。

俊亨媽媽說到這時，眼角微微有些淚光，想必是她自己的親身經歷了。

她說，那個女孩不懂為什麼自己的待遇總是不如哥哥弟弟，可最重要的，是為什麼就連母親也不肯施捨一份憐愛。

女孩初來月經時，驚恐地求助母親，卻被罵是賤貨。

母親心情一有不如意，對她也是拳腳相加。

冬天經痛不已時，仍要用冰冷的河水洗衣服，從此身體落下病根，可母親從沒有關心過。

她的衣裳是哥哥或母親穿剩的，鞋子也總是大了好幾碼。

她的鄰居，她的親戚總是笑她衣著不得體，可她也不想。

她總在思考，為什麼身邊人對她的惡意如此之深？等女孩十歲，家裡經濟寬裕，她上學去了。

她以為校園生活如哥哥所言是多姿多彩美輪美奐的，其實不是，因為對於她這樣的人來說，不管早到天涯海角，都是被人取笑的對象。

「女孩很痛苦。」俊亨媽媽說，「她十二歲才知道格林童話，她想像她是那個灰姑娘，會有巫婆幫助她逃離這裡。可是她不是。」

聽到這裡，我也有些難過，實在想不到她居然有如此的經歷。俊亨媽媽繼續說道，「其實女孩的遭遇不僅僅是這些。她還是父親和哥哥調戲的對象。所以，女孩心中暗暗發誓，她絕不會做這樣的父母，等成年後便不會再與這樣的家庭有任何瓜葛。」

「媽媽！你有見到我的日記嗎？」俊亨打斷了故事，在房裡呼喚著。大寶則探出他的小腦袋，對我做了一個「好有錢」的口型。俊亨媽媽彷彿奧斯卡最佳女演員，瞬間轉變成溫柔的語氣回應道，「寶貝，我沒有見過哦。我們一會兒一起找找好嗎？如果你餓了，帶著小客人出來吃蛋糕。」俊亨應允了。

「女孩如願了。」俊亨媽媽再次看向我，冷冷地說，「可女孩還是受人嫌棄。她疼愛她的兒子，想要給予一切最好的給他，想要彌補自己童年的苦痛，卻屢屢被人唾罵教子無方。」

我一驚，冒冷汗，想起自己之前讓兒子不要接觸俊亨一家的事情，還當著大寶的面說她是不折不扣的怪獸家長。

她默默地從椅子的坐墊下拿出俊亨的日子，細聲讀給我聽：「二零一九年，四月五日，大寶的媽媽說媽媽是怪獸家長。為什麼媽媽是怪獸家長呢？我是英雄，是變形金剛的朋友，那我是不是應該消滅媽媽呢？」

俊亨媽媽的臉有些猙獰。「你們都不是女孩，你們都不理解女孩，為什麼你們要這麼對她呢？」

「女孩本就一無所有，兒子是最親的人，傾注自己所有的愛又有什麼錯？哪怕過度溺愛，可女孩一想起童年的自己，那個三歲走路還有些磕磕絆絆，話都說不好的自己，就要開始一個人洗澡、做家務，她有什麼理由再去讓自己的兒子接觸這些？」我嚇得大氣都不敢喘，只能微微低頭以示歉意。

作為一個成年人，我以為我已經足夠瞭解生活，可是沒有人能夠經歷生活的全部，也沒有人能夠通過事情的表面去看到實質。

我總和大寶說「將心比心」這個道理，告訴他，應該站在多個角度去思考。可是我竟自己都做不到這一點，還照著表面現象批判這一切。

我有些懊惱自己這麼對待俊亨的媽媽。

「其實你不用太自責。」俊亨媽媽把日記合上，再次藏起來。「我的丈夫也這麼說我，但這都阻擋不了我對俊亨的愛。」

我也忘了自己是怎麼牽著大寶的從他們家中走出來，心中思緒萬千。可比起愧疚和難過，心中更多的是悲哀，對一個扭曲的家庭的悲哀，對俊亨媽媽不幸童年的悲哀。

一個被原生家庭傷害，創傷卻要殘留一生的人。

我仍記得她飽含著淚水，看著我說，「如果…如果我的媽媽願意當時抱抱我，誇誇我，或許我今天會幸福很多。」而俊亨，第二個受害者，雖在蜜罐之中長大，可在蜜罐宛如監獄，要困住他一生一世。

這是兩個家庭的不幸。

沈寂許久，大寶終於忍不住拉了拉我的袖子，問道：「媽媽，你怎麼了呢？」

我回過神來，突然記起他問過我灰太狼是不是壞人這個問題。

「媽媽現在覺得灰太狼不是好人，也不是壞人。灰太狼因為生存和幸福，所以要吃羊羊，這沒有什麼錯，不是嗎？但是在羊羊的角度，因為灰太狼威脅到它們的生命，所以是壞人。可我們既不是羊羊，也不是灰太狼，又有什麼資格去定義誰對誰錯呢？各有各的悲哀，各有各的身不由己。硬要說誰不好，只能怪灰太狼的生存方式了，也不能把自己所有的心血都投注在抓羊羊身上。畢竟可以抓兔子，可以吃青草的呀。」

連續下了好幾周的雨不知何時也停了，太陽悄悄地冒了出來。

「大寶，以後可以帶俊亨回家一起玩，不過你要做小老師，教他媽媽平常教你的事情，好嗎？」

收到皇后懿旨的大寶開心得一蹦三尺高。

對於灰太狼而言，生存不一定只有吃羊羊這個方法，對於俊亨媽媽而言，幸福不一定是要溺愛俊亨……

但是，他們是都逼不得已。

遙看天邊晚霞，落日余暉。

大寶指著天上的「魚鱗骨」雲朵，大聲說道：「媽媽，明天會是一個好天氣呢！」

評審 / 何故

評語 //

作者巧妙地借「怪獸家長」的主題，寫出中國傳統女性的悲劇，並且成功地以「喜羊羊」、「灰太郎」、「灰姑娘」、「變形金剛」等符號，講述了一個令人不寒而慄的故事，也是女人之間鬥爭的故事，更是重新定義了「怪獸家長」和子女之間的親密關係的現代「童話故事」。

怪獸家長

寶安商會王少清中學
F4
鄧鈺蓉

「怪獸」在別人的眼中從來都只會是一件虛無飄渺的事物，或許牠只會出現在電視節目當中、或許它會出現在你潛意識當中、或許它根本不曾存在……「家長」是你一生中最重要的親人，是不可或缺的，更是在你患難時唯一的依靠。他們的出現，就像在大風大浪中給了一個指示予無助的小船一樣，一樣貼心及溫暖……然而，前者為貶義詞，後者為褒義詞，兩者相加，豈不是會變成中性詞？不，就讓我來告訴你，「怪獸家長」的可怕吧！

要探討「怪獸家長」的可怕，我們就必先固本清源，嘗試追溯回前人的經歷，看看到底有甚麼驚天動地的資訊，以致港人每次聽到這個名詞，都會擔驚受怕。

故事的主人翁為一心，在很久很久以前，即在一心十一歲的時候，他們一家的生活都非常愉悅，就像電視節目當中的金牌家庭。母親每天都會一大清早便起床，便開始準備早餐予一心，每日早餐的款式都各有不同，令到她總會有一個高興的清晨，以迎接接下來忙碌的一天。不過，忙碌的生活根本不會打擊及打壓到擁有堅強「後盾」的一心，她總能夠化壓力為動力，以解決一切的困難。

一心每天的工作亦十分簡單，在早上與母親一同外出後，她便會踏上一天充實的旅程。她首先會到學校上課，直至四時放學後，她會到補習班補習，以準備升中的課程，當中包括：中文、英文、數學、物理、化學等等。雖然對她作為一個小六學生而言，可能會較難去掌握當中的道理，但她亦都會迎難而上，從不有任何怨言，因為她深知這時一個難得的機會，所以她全力以赴，務求做到最好，以回饋父母對她的栽培。

然而，幸福的日子不太長久，在接着的某一天，家中的電話響起，正當母親以為是居住在海外的叔叔的來電時，便開心地接聽電話。「砰」，一聲巨響，一心馬上衝出客廳，可是她眼前的景象卻令到她不知所措。眼前的景象一篇狼藉，電話不斷冒煙，母親亦暈倒在地上，地上血跡滿佈，就像發生了一場兇殺案一樣，可怕得很。更令人驚嚇的是，母親突然在血泊之中睜開眼，並責罵一心沒有及時趕到，這個舉動令一心感到陌生，因為眼中的女人根本不像她的母親，而是一位不曾相識的陌生人……

儘管如此，躺在血泊之中仍然是一心的母親，一心仍然要尊重這個女人，故她沒有多想，並致電求助，送母親到醫院留醫治療。然而，在母親康復回家後，才是真正的「改變」。

自此，一心的生活發生了根本性的改變，失去了每天清晨都會出現的精美早餐、失去了母親對她的呵護、失去了一如既往的幸福生活。一心亦較少的機會回家了，因為母親幫一她報了很多的補習班，更甚的是，補習班天天都有，一上便是六小時，以致一心根本沒有時間休息，更別談與家人談心了。這樣的舉動，一心根本無法反抗，畢竟母親是她唯一的親人。

有一天，在一心完成補習後，回到家時，她發現家中從重現當天的情況，家中雜物滿佈，母親卻不在家中。然而，傾刻間，在她眼前出現了一個巨型無比的影子，一心一眼便認得出影子是她的母親。燈光一照，出現在她眼前的，卻是一隻怪獸，根本沒有一心所想的母親。它的身體為墨綠色，身穿母親的粉色圍裙，眼中遍布了仇恨。一心看見眼前的事物而感到不知所措，但她深知眼前的怪獸，必定是母親，只是母親被「收藏」了。怪獸不斷打破家中的物品，根本沒有將一心放在眼內，只是不斷挑戰她的底線。

一心卻平心靜氣對它說：「你好，你知嗎？在你出現之先，我的生活平平無奇，每天都有母親愛護。然而，因為一通電話，我的生活卻被你搶走了，我知你沒有惡意，只是因為我做得不夠好，所以你選擇出現在我的生活裏，以帶給我一個懲罰。但你必須要知道的是，我只有母親一個親人，她是我的全部，我相信你不忍心作為一個隔膜，去令到我倆的生活變得不愉快。故此，你願意將母親還給我嗎？」

傾刻間，怪獸的左邊心臟放射出一束光線，以致一心暈倒了。醒來的時候，母親已經在她的身旁，對，這是原來的母親。母親好像完全不知情似的，並責罵一心沒有管理好自己的身體，以致操勞過度暈倒了。一心對眼前的景象，雖然覺得神奇，卻沒有多想，因為她最愛的母親終究都回來了。

你們可能會問，怪獸最後的結局如何，故事又是否真實？不過，無論如何，母親最後亦平安回來，就好像電視中的大團圓結局。「怪獸家長」為他的子女付出了半輩子的人生，只是希望他們一個更好的將來。為什麼我會這麼肯定？因為我是一心，無論當初的怪獸是否真實，我仍然慶幸我有這麼一位疼愛我的「怪獸家長」，而致我有幸能為在座各位分享這個「真實」的故事。

評審 / 周子嘉

評語 //

作品情節有趣，節奏明快，唯略嫌開首部份説教部份稍長，可大膽刪去。寫小説，還是少一點説教，多鋪陳情節較佳。

怪獸家長

天主教培聖中學
F4
潘慶南

望向天空，會看到無數種光點代表著種種生命，它們會隕落到地球，然後進入大氣層裡，漸漸化作一束光芒逃進母肚裡，賦予著生命，其中一位幸運兒將會降臨在一個大城市裡，十個月後，將代表著一個家庭的誕生。

不過那城市因為繁華導致了人民的生活節奏急促，無時無刻都忙碌著……

八年後的一天，在一間房間裡，泛黃的太陽偷偷從窗邊穿了進來，調皮地往近窗的書桌上塗鴉，它順便也把書本作業都弄髒了，不過有一位小女孩可不樂意，氣呼呼的她用盡自己的力氣指揮著手上的鉛筆在作業上大大咧咧地畫了一個、兩個、三個的符，發洩著自己的不滿。

「叮…叮！叮……」門鈴突然響起，那面色焦黃的小女孩一驚一詐的，連忙往背後一看，便從椅子跳下來，往門那就小跑了起來，站在門前伸出小手把門柄往下拉。

門開了，那小女孩低著頭，正準備轉頭匆匆跑進房間、繼續做她的作業的時候，一把刺耳的聲音敲起，叫嚷著小女孩做了功課沒有，有沒有溫習功課，什麼時候考試，今天要早點睡覺等等對小女孩的命令。

果不其然，一把聲音狠狠地刺進了小女孩的腦海：「為什麼不抬頭看著我！抬！頭！看！著！我！！！！」小女孩默不出聲，也不抬頭，就這樣傻愣著，雙手放後，手指互相扭扭捏捏，似乎很糾結。

突然一隻醜陋的手把門推開，另一隻同樣醜陋的手就往小女孩下巴抓去，散發著惡臭，皺皺巴巴的，就這樣、這樣強行把下巴往上抬，傳來的痛苦直讓小女孩流下眼淚，更多的是心裡防禦被衝破的恐懼。

她看見了……一個令人作嘔、一個人類未知的怪物，但是這怪物偏偏就讓小女孩恐懼，一個潰爛的大嘴巴，上面的傷口還有一個個在肆意擺動的白點，牙齒一顆顆的是深黃色，呼氣的同時還呼出了惡臭，更像是人體腐敗的惡臭，深凹的眼皮且眼球凹出，尖鼻尖耳，聲線尖而高，身子佝僂，很難看出是一個婦人，以微彎的姿勢站著小女孩面前，清晰可見瞳孔增大並盯著她。

小女孩不敢回應，也不願面對，她的雙眼珠一直往右看。

她試圖避開婦人的眼珠子。

婦人暴怒地把手往上以弧形的形狀舉至半圓，其後掃了下去「啪」一聲巨響的起頭便接著響起下一聲巨響，反手又啪了一掌，令小女孩臉頰浮起紅腫，眼淚奪眶而出，她嚇破膽了，兩眼一黑，她暈倒在地。

灰濛濛的風景，劃破一束光照亮周圍，醒來，卻是截然不同的環境，天花板讓小女孩感到一陣溫暖，她躺著床上，身體與床的陌生觸碰讓她感到安心，現在至少不用面對了。

小女孩緩緩閉上了眼睛，她想感受這難得的寧靜，隨後漸漸熟睡。

在夢中，小女孩夢見她媽媽，小女孩看見她了，是一位優雅美麗的女士，儘管如此小女孩依然恐懼，接著女士向小女孩走了過去，蹲了下來並把抱起懷裡，女士的左手抱著小女孩的身體，一開始小女孩還有點掙扎，可是女士用著她的右手輕撫著小女孩的頭，往女士的肩膀靠，小女孩慢慢地安下心來。

這場夢是小女孩最好的回憶。

天亮了，小女孩醒來了。往右邊看去，那裡有一個椅子，不過沒人坐代表著媽媽還沒有來。

小女孩有點不開心，開口說話：「媽媽，你在那？」

小女孩看了一下周圍，頓時覺得無聊，便對著天花板數羊，似乎玩的有點膩了，之後小女孩開始對天花板胡思亂想了，兩隻部分地方有瘀青的小手卻在空中比劃。

如果玩累了？她就會睡覺。

小女孩再度醒來的時候，已經是傍晚時分，但是當她第一眼看見的事物卻不是那白白的天花板，一片漆黑的泥路，她發現被人抱住，驚恐的她用她的小手推開了那瘦弱的肩膀，定睛一看，原來是一位老邁的婦人——是她的母親，她的臉卻有些變化，似乎沒那麼面目可憎了，那婦人看著她說了一句：「幹嘛？」

小女孩似乎發現自己沒有那麼討厭她母親，小女孩下意識抬起頭看向那星空，滿天的星星在閃爍著，小女孩喜悅，舉起了小手，身體還不斷上下蠕動，還叫：「是星星啊！媽媽，快看快看！」

見到此狀，母親立馬用力按住小女孩責罵說：「你發什麼病？」邊說邊抬起了頭，湧入眼眶的是一顆顆不同的星星，每一秒都要閃耀著猶如像一個生命，充滿了生機和光明。

母親呆呆地站著，此時的思緒已經開始被胡胡亂亂地攪拌成一旋渦，中間形成一個黑色的洞，詭異的事那洞噴出了一段段回憶。

十五年前，有一個女大學生相識了一個男大學生，他們十分恩愛，相愛了六年，迎來了結婚，那天晚上他們在一座山上，天空都是滿天星星，那時新郎對著他的新娘說：「那一顆顆的星星都好像代表著一個個人的人生，死後會升上空中變成一顆顆星星閃耀著那人的一生故事，有一天還會降臨回地球，那些星輝強弱都是代表著每一個生命都是獨特的….. 」

畫面一轉，女生妊娠了，生出來的是一位小女孩，可是男生沒有來，他消失不見了，這讓女生一度傷心。

在這八年來她獨自養活小女孩，但也因為現實生活中的長期壓力，還有對他的牽掛漸漸強而深，她也同時漸漸摧殘她自己，開始將怨氣投放、倒下在小女孩身上，拳打腳踢、謾罵小女孩，長期之下小女孩對母親充滿了怨恨……

這一刻，母親猶如被人醍醐灌頂，記憶畫面漸漸破碎，重新看見了星空，她喃喃自語說：「灰太狼，你還會回來嗎？」

月下兩人與月上的他，對映成三人…….

評審 / 黃獎

評語 //

怪獸媽媽的兩種形態，有很形象化的描述，相當不錯。

故事由女兒的角度開始，忽然筆鋒一轉，變成上一代的半段愛情故事，很有驚喜！不過，作者也可以考慮一下，是否有空間把兩段情節再寫下去，畢竟，故事中的三個人物，有一位尚未出場。

怪獸都市這一家

寶安商會王少清中學
F4
周沁

我的父母是怪獸家長，我住在怪獸都市。

放學回家，走在街上，天空灰沉沉的。不過它從沒藍過就是了。

打開家門：「媽媽，我回來了。」我說道。「回來啦。」媽媽用平常一樣和藹的語氣輕輕回應。「嗯，我回房寫作業了。」我也用乖巧的聲音道。

我住的都市確實存在着怪獸，他們神出鬼沒，在夜裏出來吃人，據不同目擊者的說辭，牠們有的長着牛角，有的長着獠牙，形貌各異。但因為個案很少，人們才不至於搬離城市。相比起真正的怪獸，我的父母在我眼中卻更為可怕。

回到自己的房間，我把作業拿出來，開始了一下午的功課和温習時間，別誤會，我只不過逃脫不了媽媽的監視罷了。在這個僅有四平方米的房間，已經有六台監控，沒有死角。另外在客廳和廁所也裝有監控，不過比房間少了些。我也清楚現在，當我在房間假裝埋頭苦讀時，媽媽在外面觀察着我的一舉一動。所以，我不能鬆懈。

家裏如此，在外面就更不用說了。每天一個基本的定時致電，還有在放學時安排私家偵探跟蹤我的所在地，最近好像還委託了在學校年過花甲的校工，隨時報告我的動向。

我更不敢忤逆我的父母，曾經在小的時候，我因為考試不夠八十分，爸媽二人聯手一頓毒打，傷口腫了一星期才消退。很痛。

我父母不亞於真正的怪獸，對吧？

至於我發現父母監視我的理由，很簡單。聰明人的孩子也是聰明人。

從小我就疑惑，明明父親的收入不低，卻要住在這四百尺不到的屋子，又不是內地的學區房，需要孟母三遷，為什麼？直到我九歲的那一年，我終於知道了原因。

「媽媽，我作文寫好了。這次的題目是我的夢想喔。」我跟媽媽匯報着功課。「是嗎？我記得你想當科學家，對吧？」我從未和父母，老師，甚至同學聊過我的夢想，我怕會被父母聽去後，加大我學習負擔。卻不料，他們早就知道了。而我唯一展現出對科學的興趣，只有在書房讀書，常常翻閱着科學理論的時候。本來，不可能察覺到的。

自那以後，我知道他們在房間監視着我。

發現真相的我一開始很慌張。慢慢的，時間長了，也就適應了。從那時開始，我也過上了和父母斗智斗勇的生活了。我必須擺脫父母的魔爪，我不是困在鳥籠，供人觀賞的雀鳥，而是展翅高飛的雄鷹。我清楚父母是不可能在我成年時放我離去，不然又哪來這麼多年的掌控呢？由於我除了父母外也沒別的親戚，不能投奔他處。不過即使有，他們即使到天涯海角也能找到我。唯今之計也只有自立門戶這條路。我作為兒子，這麼多年了，也該盡一盡孝心，送他們到「合適」的歸所了。

自從我知道真相後，我一直在籌備着那一天把他們送進監獄，只要隨便整一個虐待孩子的罪明就好了，反正以前又不是沒發生過。我只需準備日後生活費，並在適當的時候把警察請上門就好了。

如是者，我等了五年，一是為了偷買一部手機，只要能報警就行，二是等我到合法工作的年齡，三是獲取父母的信任，裝一個乖乖兒子，好讓他們發現真相後的反應更劇烈。

明天，就是我十五歲生日，想起放在商場儲物櫃的手機，好期待。

十點了，該睡了。晚安。

不知為何，今晚的天空，顯得特別明亮。

第二天，放學回家，依舊是日常裝模作樣的問候。但今天是我的生日，爸爸了請假為我慶祝，媽媽也顯得很高興，嘴角比平時多了不少笑意。我也用淺笑回應他們的祝福，但右手卻不自禁地摸向口袋裏的手機。今天過後，一切都會結束。

用完晚餐，回到房間，偷偷摸摸地拿出手機，眼睛緊盯着門口，好似怕隨時有不速之客來訪。我知道，他們兩人都在客廳窺視我房間。果不其然，很快，門外傳來了腳步聲。我用磨練了五年的演技，裝作想收起手機卻掉落在地下。

房門打開了，二人站在外面。猩紅的眼睛緊盯着我，快要把我灼出洞來。爸爸更是抬手給了我一拳，媽媽也刮了一巴掌，這就足够了。我連忙按了緊急報警按鈕，終於察覺到我意圖的父母，以瞬雷不及掩耳之勢想要奪走手機。我怎麼可能讓他們得程，我足足準備了五年。這時，電話接通了，我把練習已久，早就熟念於心的地址報了過去，在父母掛斷電話前大喊道：「救命！」

父母深知不妙，我家離警局很近。

他們不能拿我怎麼辦，在爸爸打我的一瞬，已成定局，監控正在記錄一切。真是拿石頭砸自己的腳。無論現在他們有何行動，逃走，留下，甚至殺了我，也是我的勝利。

無視父母的目光，睹着藍天，雖有幾片烏雲，但我從沒發現它是那麼美好。

正當我以為一切都結束時，我看到了父母頭上長了牛一樣的角，本來充血般的眼睛變成詭異的螢光綠，嘴裏更有一對鋒利的獠牙。可奇怪的是，我雖然嘴裏在尖叫，心裏卻奇蹟地平靜，甚至有幾分釋然。牠們對我說：「你是我們的孩子。」

我聽不太懂，只知道烏雲沒了，天色卻好像又暗淡起來。

不久後，警察來到我家，把兩隻怪物押走，牠們臨走時，朝着我輕眺地笑着，腦裏回想到剛才的話，猛的驚醒。

我輸了，輸得一敗塗地。

當警察解決完怪物，回頭找我時，我已經消失在原地，無影無蹤。

我逃到附近無人的公廁，看向鏡子，鏡面映出的不是一個十五歲的青少年，而是和剛才兩隻怪物無異的面孔。

聽明人的孩子是聰明人，怪獸的孩子，自然也是怪獸。

我的父母是怪獸家長，我住在怪獸都市。

評審 / 周子嘉

評語 //

同學創作出怪獸都市，令人感到有趣。礙於比賽字數所限，我相信這篇作品仍有不少部分可以續寫下去，成為一篇長篇作品！

我的怪獸媽媽

天主教培聖中學
F4
梁詠琳

小時候，總是不明白「怪獸家長」是什麼意思。

有同學說：「就是超好的爸爸媽媽，你想吃零食，他們會讓你吃好多；你想玩遊戲機，他們會讓你玩多久就多久；你不想上學，他們就會讓你不用上學。」我心想：那我也想要這樣的爸爸媽媽呢。

但又有同學說：「怪獸家長就是一對十分嚴謹的爸爸媽媽，今日要吃什麼，要喝什麼，都一早訂好；幫你報好多不同的課外活動，不一定有玩耍時間;病也要上學。總之就是沒自由！」我又想：那我不想要這樣的爸爸媽媽了！

現在的我略懂一二，「怪獸家長」感覺……就像你有一枝美麗但充滿尖刺的薔薇玫瑰，你握得越緊不但自己受傷，花兒也因此而枯萎，越緊張就越容易失去。為小狗戴上太緊的頸圈，本意是避免小狗亂跑，發生意外，走失。但卻令小狗窒息 .. 呼吸困難。長時間把小鳥困籠子裏，總有一天小鳥會忘記怎麼去飛。

默默守著窗外，看著同齡的小朋友在我家樓下無憂無慮地玩耍，而我卻被困在家中，回望我那今日要完成的額外補充練習，那種苦，不能用言語表達出來……

有一次，我努力地在成績上獲得了好優秀的表現，媽媽給我一次能夠外出玩耍的機會，我馬上打電話給朋友們告知這一個好消息。

誰也不會想到，我的朋友都是自己出門的，想去那就去那，自由自在。但我……卻在被監視一樣，同學細聲問道：「呃……你媽？」

我聽到後，望望在我後面，那目光從沒離開我身上的媽媽。

「媽媽說，怕我不安全，媽媽會坐在一邊的。」我尷尬的解釋道。

我們開心地玩耍了一會，然後他們說想去遠一點玩，我跟著他們，踏出離開的第一步，媽媽大吼道：「你要去那裡？只能在這一區，在我的視線範圍內。」

難過的我，只能看著朋友們慢慢行遠了，自己一個停留在媽媽的視線範圍內。

媽媽難得來我派成績表的日子。

「怎麼會那麼低分，75 分？老師你是怎樣教的？我女兒每天都在補習，你會不會教學生的？」媽媽大聲吆喝我的班主任，我只能低頭，握緊拳頭，只希望這時間快點結束。

從那天開始，我在班上就被指手畫腳。

「哎，上次她的媽媽好大聲罵我們班主任，她真慘，有這麼一個「怪獸家長」的媽媽。」

我低著頭，裝作沒聽到，但心裡十分不甘心，但卻不能為媽媽出聲。

連班上的同學我也沒有勇氣去駁斥，何況是我的媽媽呢！

即使她對我多嚴厲多譴責，多次向我身上施壓，有時候還把我痛打一頓，我也只有在哭，從未說出我心中的想法。

那天，媽媽居然說要跟我參加親子活動⋯⋯

「現在有一個活動。叫盲人認親。小朋友跟他們的爸爸媽媽也會被遮住眼睛，分排成兩行，爸媽會輪流排隊，讓小朋友摸爸媽的手，看誰會找到自己的爸媽！」

我有信心地遮住了眼睛，等著各個大人走來，途中不同父母都在叫自己子女的名字。

我認真地摸，「這個不是，這個也不是！嗯！應該是了」然後聽到一聲，我更加確定，大力牽著媽媽的手。

我跟媽媽一起拿掉眼罩，互望了一眼，然後一個老師就說：「詠琳，你真快，第一個找到自己的媽媽。」我沒有因為老師的稱讚而開心，我看著毫無表情的媽媽，我一直都只想受到媽媽的稱讚，可是沒有，在休息時間中，我跟媽媽回到房間裡，媽還說：「你這些奇怪的地方就那麼強，不看你讀書有那麼好？」

被媽媽這樣一說，眼淚馬上流下來。

明明就是一句玩笑，卻將我多年的不開心、辛苦，激發出來，就像一杯已滿的水，加上了一點水珠，卻容不下一樣奇怪。一下子被踩到底線的我，第一次大聲跟媽媽說道：「對，你女兒就是那麼差，你女兒就算多努力，也只有 75 分，我永遠得不到 100 分、完美，更永遠得不到媽媽你的稱讚！為何你要生下這麼差的我！」。

我一口氣說下去：「媽媽你知道為何我能夠在人海中找到媽

媽你？是因為我一直留意著媽媽，媽媽你不像別人家的主婦，你因為要養我、哥哥、弟弟，你也要工作，弄到手腫；但媽媽你還是要洗米做飯，媽媽的手雖然腫，但也十分滑潤；還有那個戒指，就如爸爸經常借別人錢，你沒放棄過這個婚姻。」

我一直哭，眼前矇了一片，突然感覺到一絲溫暖，嗅到媽媽淡淡的髮香。

媽媽苦笑說：「正就是因為這樣，你是我唯一一個女兒，你是要嫁出去的，不像哥哥、弟弟，你不能像媽媽一樣，學識少，做辛苦的工作。你是家中的小公主，我對你特別嚴厲，是不想你的手像媽媽一樣，知不知道？」媽媽溫柔地摸一摸我頭，又說：「沒事了，你長大了，媽媽不會再罵你，不會再打你，媽媽相信你不用我再擔心了。」

自從那次之後，我跟媽媽就好像好朋友一樣，有說有笑，我再也沒有再害怕跟媽媽坦白任何事。我就像將媽媽那「怪獸」頭套除下來一樣，原來怪獸身體裡，也有一個溫柔的媽媽。小時候總覺得爸爸媽媽是「怪獸家長」、無理取鬧、愛管閒事，卻沒有想過為什麼他們會那麼嚴肅。

當你懂事了你就會明白爸媽的苦衷，害怕你學壞、害怕你被拐走，害怕你將來要做好辛苦的工作，害怕你嫁了一個壞人。

評審 / 何故

評語 //

作者成功重新定義「怪獸家長」，有別於其他參賽者對於「怪獸家長」只有負面評價，寫出一個既峰迴路轉又立體的動人故事。故事由母親和女兒的矛盾和衝突開始，最後女兒的感悟，並且與母親修補關係，回歸中國傳統家庭的價值觀，一次對於家長們近乎完美的大團圓結局。

怪獸和傀儡的共生關係

寶安商會王少清中學
F4
何思琪

「各位媽媽，學校有學校的規章制度，請你們先回去，我們會著重考慮這些寶貴意見，還希望給我們一些時間。」學校辦公處的工作人員好不容易才請走來勢洶洶的家長們。老師們也已經是招架不住了，更是擔心為了應付家長們，沒有多餘的心裡擺放於學生的學業上，才找方法開脫，畢竟這些不定時炸彈會隨時爆炸，讓老師們的辦公桌上一響起電話聲就像午夜凶鈴般嚇人。

而雲星的媽媽也不是例外，她好像在雲星的世界里無處不在，像架直升機般盤旋在上空，原以為來到學校就可以暫時逃脫媽媽無時無刻的掌控，卻沒想到她的力量遠超乎雲星的想象。媽媽像是滅霸般無所不能，像是龍頭大佬，她不只是獨自向老師詢問孩子的情況，更聯合各個有其意向的家長「彈劾」學校的教學制度，使雲星無地自容，在老師面前恨不得鑿一個地洞鑽進去，因為雲星明白老師是因自己的緣故才絞盡腦汁解決各位家長的疑難雜症。可就連他自己也無可奈何，只能任由著媽媽，就算曾經無數次為此掀起軒然大波，但媽媽的威力過於強大，雲星的反抗就像大象面前的螞蟻，徒勞無功。

「徐老師，我家雲星成績一向優異，每次都是年級第一的，這次怎麼退步到這種地步，才年段第五，是不是你們老師作業給少了，還是沒有補課呀！」雲星的媽媽帶著不滿的表情凝視正想答案的徐老師。「其實孩子的成績會因課題的難度，臨場發揮而改變，很正常的」，而這時徐老師的任何回答都不能令雲星媽媽滿意，「這怎麼會是正常呢？不行，我要和你們校長談談這麼不負責任的老師怎麼教好學生」。其實這種程度算是不那麼嚴重的，到更加後來雲星快要考高考時，情況越加不堪入目，雲星媽媽的名聲和作為在學校瘋傳，完全影響雲星的學業和社交發展。

「徐老師，雲星最近是不是和那個小豪走得比較近啊，聽說他的成績不太好，這樣會影響雲星的學業吧，你說你們老師也不管管這些不學無術的學生，就算自己不努力，也不要拖累人家吧，我們家雲星可是要考重點大學的，到時要考不上就唯你們是問。」「不是的……不是這樣的……」還未等徐老師說完，雲星媽媽就沒好氣地離去了。雲星媽媽要求要他們分開，只允許雲星和優資生一起做朋友，溫習作業，小豪被嚇到了，只敢必要時才和雲星偷偷接觸，而其他同學聽聞此事都像避開瘟疫般躲著雲星，雲星的校園生活受到嚴重打擾，更增添不少壓力。

更讓人無法忍受的是雲星媽媽成為帶頭人，召集一幫學業優良的家長集體「彈劾」學校制度，希望嚴格規劃分班，把成績較好的學生與其他同學完全分開，避免受到滋擾。他們集體走到校長室的門前，希望能見校長一面，改一改分班制度，現在成績較參差的學生都在一班裡，因為是根據文理班而分的，不分好壞成績的，并希望科目相同的能夠相互幫助，並非家長想換就換的，這件事在學校鬧得沸沸揚揚，更令其他家長引起不滿，故而導致校園不是一個學習的地方，反而是個談論是非之地，怪獸家長之稱隨之而起。

後來學校已經不再做任何回應，只是找藉口推脫掉，直到雲星高考完畢業後，雲星媽媽則轉移注意至雲星的大學生活，後來更至職業，婚姻，這一生雲星都受掌控，失去自己的道路，走向媽媽所期望的人生大道，就連反抗都懶得，因為媽媽的行為已令他習慣，由別人為他規劃好一切，也許也是一種輕鬆。可是，努力了這麼久卻是為別人而活，做別人的傀儡，真的不後悔嗎？

雲星長大了，終於擁有了自己的傀儡！

評審／黃獎

評語//

故事鋪陳有條不紊，也巧妙地用「直升機家長」的形容作出襯托，間接告訴評審，有在「怪獸家長」這個課題上，做足資料搜集，值得一讚。

情節方面卻嫌直接，中後段變了一盤流水帳，細數怪獸家長的特性，欠了追看性。不過，最後一句是神來之筆，點出了怪獸和傀儡的關係，有餘不絕！

怪獸家長

寶安商會王少清中學
F4
陳穎琳

「只是小感冒而已，不用那麼大驚小怪啦。」女兒漫不經心地說。「不行！若置之不理很可能會演變成嚴重的肺炎！我可不想自己的寶貝遭到痛苦……媽媽會心疼的。」婦人看女兒仍然一副不在意的樣子，又加了一句。女兒只好作罷，乖乖聽話。

「醫生，我的女兒患重感冒她鼻水不止，喉嚨劇痛，頭痛欲裂，她會不會死掉？不管醫藥費多重，只管拿來，我的女兒要最好的治療。」母親氣急敗壞地說。醫生目光稍移，看著明顯病情不重的女兒，又看著母親心急的樣子，默默地在診斷書上畫下星星。

接待處的護士看到藥單上的記號，便知道要嚴陣以待。「請問我女兒的藥配好了嗎？多等一分鐘她的性命便多一分危險。」不用說，便是面前這人，護士喃喃道。這種藥有什麼成份？這種藥有沒有副作用？這是不是最好的藥？一連串的炮彈毫不留情地衝向那手無寸鐵的老弱婦孺。當場血肉飛濺，啊，慘不忍睹。

「剛才的護士解釋得不夠詳盡，要不還是上網搜尋資料。」說罷，竟還真的上網尋找資料。各式各樣的成份立刻出現在眼前。看著母親那緊張非常的樣子，女兒隱晦地歎了一口氣。從小到大，面前的女人為她安排了一切，幼稚園，小學，興趣班，中學，補習班……一切的一切如預先設置程式般的機械人，這名為「陳一心」的，只是一個稱母親心如母親意的機械而已。在小學，根本沒有人願意和她親近，這拜面前事事待她真心的母親所賜。「砰砰」厨房裏的碗碟聲把女兒扯回監房。婦人將女兒的藥倒落湯匙，打算逐一嘗試。又是試毒，女兒有些生氣地心想。她知道母親是擔心她，是保護她，可母親的所作所為都讓自己感到可怕，那是一種病態，那是一種過份，那是一種無奈。

女兒不是沒有向父親投訴過這牢固的溫室，但長年不在香港的父親根本無法見識那溫室的暖氣，那灼人的暖氣，只當女兒誇大其事。當然，站在溫室外的農夫怎能與溫室中的小花同感同受呢？農夫一概不知，只會責怪花兒少不更事，說她不懂珍惜，說她不懂感恩，說她不懂幸福，說她不懂偉大。但，真正什麼都不知道的，卻正正是面前叨叨逼人的父親吶。

以前女兒不懂母親的行為已可謂病態，然自從升上中學後，知識多了，經歷多了，感受，亦隨之多了。母親持著名為「母爱」的武器，有意無意地一次次刺入女兒的嬌軀，女兒反抗，女兒哭泣，女兒掙扎，女兒放棄。

女兒，早已不是那個女兒。

「這下你知道了母親的難處了吧。」婦人看著面前的小孩說道。「要乖乖吃藥，才能儘早補回之前缺席的活動班了，還有，不準再與同班的王小美親近，她家境貧窮，會拖低你身價，盡早斷絕為妙。」小女孩想著得來不易的友人，又想著婦人發狂猙獰的表情，她還是如了母親的意。

看小女孩乖巧的樣子，婦人以往的童年回憶突然湧現出來，看著自己變成如今的樣子，似曾相識的，多數還是拜相裏的人所賜。

泛黃的照片裏，正正是當年的母親和女兒。

評審 / 周子嘉
評語 //

作品的精彩在文末，簡單一句作結讓人深思，到底怪獸家長是怎樣形成？同學作品讀起來流暢，情節交待亦佳。

怪獸家長

荃灣官立中學
F4
許穎琳

我和一心認識了四年，但幾乎沒怎麼看過她發自內心地笑，每一次看見她，她都是一副累得快要崩潰掉的樣子。但是自此之後，她不再壓抑了，因為她終於擁有真正的自由。

「喂，你最近怎麼都不回我訊息？」我問。

一心還沒來得及開口，就有一連串懷舊的鈴聲從她的裙袋裏傳來，我和她都愣住了。她把我當作掩護，緩緩地掏出那部過時的按鍵式老爺手機來，電話裏頭就是她媽媽，每逢放學的時候，她都要準時給家裏報到。

等她掛了電話，我才忍不住嘲笑她，說：「你甚麼時候迷上復古風了？」

她只是無奈，說：「之前我不是發訊息問你看到那個電視劇的第幾集嗎？聊完後我忘記把那段內容刪掉，然後被我媽晚上查我手機的時候看見了，說我用手機看劇影響學習，就給沒收了，直到考完試才會還給我。現在這部的作用只是用來聯繫她的，除了打電話甚麼都不能做。」

我有點被嚇到了：「你媽查你手機？這太過分了吧，一點個人隱私都沒有。」

她淡淡地說：「也沒甚麼，就是記得把一些與學習無關的聊天紀錄和搜尋紀錄刪除掉就行。麻煩是麻煩了點，但我媽就是那樣，我也只能接受了。」

我覺得很可悲，被人全天候監視著，無法光明正大的做自己喜歡做的事，甚至，連自己真實的興趣都無法被自己最親的人接納。

「我們接下來去哪？」

「去我家玩吧！難得我媽去了朋友婚禮不在家。」一心提議。

在她家待了半天，她媽媽忽然打電話來。她開了擴音器，方便對質時大家一起想對策，以免她被揭發沒有好温習考試。

「喂，在幹嘛呢？」她媽媽問。

一心揉了揉眼睛，便想到說：「哦，那個，我在圖書館自修室複習呢。」

原本以為她能蒙混過關，怎料她媽媽卻問：「哦，是嗎，帶著家居電話去圖書館啊？」

我們這才發現原來我們用的是家居電話，不禁內心疾呼失策。結果後來她媽媽提前回家監督她溫習，她的快活時光真是稍縱即逝。

其實不只是個人生活，一心的性格也有點被她媽媽影響。那天我和她真的去了圖書館借書，我們都借了《紅樓夢》，但是兩本是不同出版社的。借完後，她仔細對了對兩本書，發現她借的那本書的原售價比我的那本貴了一點點，就沾沾自喜地說：「看來我比你更有眼光喔！」我真是服了，這也能比較。但這也不能怪她，她是被她媽媽逼出來的，她媽媽就是那種很愛拿別人家小孩和自己家小孩比較的人，每次考完試，她都會問一心我考的怎麼樣，一心通常為了不被責罵，就算我考得比她好，她也會說謊來讓她滿意。我倒是無所謂，只是看到她和母親之間的相處模式，就覺得格外彆扭。一個打從一開始就執意抹殺子女的興趣，主宰著她的生活，同時也不相信對方會依從自己，於是開展了不人性化的監視；另一個呢，則是表面服從內心抗拒，自己往地底深挖，持續探尋著自己的世界，同時不忘在地面抹一層泥，繼續保持著母親心目中的形象。一心真實的自己越是深陷，徘徊在地面的媽媽就越是離她遠，距離感讓她們間變得陌生。

我問她：「你覺得你媽媽是怪獸家長嗎？」

她說：「肯定是啊，但我能有甚麼辦法。」

我說：「不如這樣吧，你再這麼下去也不是辦法，不如你就光明正大地做一些她不允許的事情，向她宣洩你的不滿。」

「好！」

我們到附近商場逛了很久很久的街，逛到又渴又累，我說：「要不我們先吃點東西吧？」

「好啊，」一心像是想到了小點子般，剛才疲憊的眼神突然發光「就吃……甜品放題吧！我好久沒有吃過甜的東西了，我媽都不讓，吃甚麼東西都要管著。」

一心平常在外面吃東西之前都是要通過媽媽的批准，不過今天，就先不要打去讓我們掃興了。

吃到一半，一心突然說:「我好像有點不舒服，胸口悶悶的。」

「啊，不是吧，我都沒事啊。」

她的呼吸中帶有急速的喘氣聲，說：「可能是……哮喘……發作了。」

「之前沒聽你提過啊，還有，你有哮喘幹嘛還來吃甜品放題，你這不是拿命玩嗎？」

「我聽我媽說……我小時候好像有因為哮喘……進過醫院，但是後來就……就再也沒有發作了。」

「不是，你快打給你媽！」

她媽媽知道緣故後連忙趕來，我也慌得只是連聲道歉。

後來一心告許我，原來她媽媽一直要她向她匯報自己吃甚麼東西，就是為了避免她吃太多甜食，會誘發哮喘。一心在她媽媽的嚴密管控之下已經很久沒有接觸過甜食了，雖然她也常常瞞著她吃了不少次，但也沒試過一下子吃這麼多，身體肯定是不適應，哮喘就復發了。

她說：「以前我媽常嚇唬我吃甜食我就死定了，可是我常常偷吃身體也沒有大礙，我就覺得她肯定是騙我的，沒想到，這一次……」

怪獸家長的另一面原來是如此的細心和體貼，平時過分的關心子女，演變成了監視，導致了一心的矛盾和反叛心理。他們又何嘗不是愛自己的子女的呢？但是當愛用錯了方式，就會不被接受，甚至反感。

經過了這件事，一心的媽媽沒有再過問一心的行蹤，也不再對她的學習和生活給予過分的要求和干涉，一開始她覺得很不自在，好像活在一個沒有了路牌的世界裏，沒有了人生方向。但是當她慢慢熟習了主宰自己的人生，她終於研究出自己獨有的一個指南針，變得不再迷惘，也懂得自己承擔後果。

一心，辛苦你了，走了這麼長不屬於自己的路，你一定花了很大的力氣才能從舊路繞去自己心之所向的那條路吧，但是，這一切，都是值得的。一心的媽媽，也是辛苦了，自己花了那麼多精力去保護自己的孩子，結果竟然不被諒解。雖然放手讓她走自己的路，看起來比控制她要疏遠很多，您無法再追逐著她的背影，甚至連遠遠看著她的機會都沒有，但其實你們的的內心比先前扣緊了許多，因為她不再在您面前藏著真實的

自己，您的放任就是對她而言最大的支持。

評審 / 黃獎
評語 //

中學生寫「一心」的故事，總有一些應付考試的感覺，這篇作章也有這個問題，雖然文筆流暢，但就欠了投入感。

尚幸結局的安排有真實感，也算可取。

「創意示範」

玉皇大帝的底線

黃獎

近幾十年來，王母娘娘擺了多次蟠桃宴，玉帝都借辭推搪，沒有出席，她也不記得多久沒有見過老頭子了。不過，她覺得見少一些，也是好的，看著這個老頭兒，橫看豎看都覺得不順眼，自己也搞不懂是什麼原因。她還記得清楚，五千年前仙魔大戰的時候，大家都還年青，見少一天也渾身不舒暢；即使是六百年前，那隻猴妖來鬧事，兩夫妻也有多一些話題，但後來嘛，愈是國泰民安，兩夫妻就愈不想見到對方。

不過，王母娘娘這天，忽然主動來到凌霄殿，但見仙氣依然氤氳，但雲霞之中彌漫著一種醉人花香，比她的蟠桃更勝一籌，她還未弄清楚是啥回事，玉帝就喜歡孜孜的迎了過來。

「愛妻，我正想派仙鶴神侍去請你咧，你自己就感應到吶，你的神識又精進了。」玉帝說道。

王母心中忖道：「老頭兒很久沒有這麼興奮了，有什麼好事情發生了嗎？記緊記緊，千萬別錯口叫他老頭兒。」她暗下提醒了自己一下，免得又說錯話掃了興，嘴巴上恭恭敬敬的回應了，便在玉帝身旁坐了下來。

玉帝急不及待的說：「愛妻，你來瞧瞧，為夫花了整整半年的心血，培植了這一種奇花，四季花開，不畏寒暑，散發出來的香氣，冠絕天宮，而且歷久不散。」

玉母橫眼看著這個丈夫，心想他也真的無憂無慮，終日就是為這些玩意兒瞎操心，不理凡間疾苦也就算了，即使是自己家裡的事，也不關心一二。不過，總要迎合一下的，便道：「這個花兒也確是極品，夫君可要取個好名字，才不會辜負了這個香味。」

玉帝像個頑童的嘻嘻笑著說：「愛妻今天來到，可見有緣，不如，就由你來賜名吧。」

王母娘娘這才看清這株奇花，卻見此花多瓣，呈奶白之色，姿態高潔幽雅，頗似殿前的雲霞繾綣，映著日光，自有一種出塵氣度，便說：「此花如日照雲上，便喚作曇花好了。主上，你有打算把此花送到凡間去嗎？」

玉帝說：「這個當然，也好讓凡人了解天神恩澤。」

王母說：「主上吶，你的心思都放在凡間，可有空閒管一管天庭的事？」

玉帝奇道：「天庭？不是好端端的麼？有什麼事情？」

王母說：「自從猴子來鬧了一遭，西方佛國的觀音就經常過來串門子；然後呢，最近那個藍采和，也登仙界，帶來了一些古怪風氣。」

「藍采和嗎？這個小子道根深厚，很不錯哩！」

「但他和觀音都喜歡換裝，一會兒變男裝，一會兒又變成女的，古裡古怪，我就怕人人學他們那一套，不成體統。」

玉帝哈哈笑道：「我說愛妻吶，咱們修仙之人，思想要超脫一些，早幾百年，你也說過漢鍾離梳兩個童子髻，老不正經，人家不還是好端端的。這個男女之別，其實只是肉身上的不同表相，開悟之仙家，不用拘泥這個差別。」

王母惱道：「還說漢鍾離，他正正就是藍采和的師父，為老不尊，你當年就是沒聽我勸，才生出這麼多事端。你知道嗎？青兒近來和這個藍采和過從甚密，早陣子又跟觀音去了雲遊四海。」

玉帝笑說：「這也不是什麼壞事嘛，我們這個皇兒，天性好動，就是閒不下來，我當年封他為青袍神將，鎮守東嶽，千多年沒事發生，還怕把他憋呆了呢！現在交多幾個朋友，生活圈子活潑一些，這算是好事一樁咧。」

王母娘娘急了，踹腳說：「不是的，就是怕他交了壞朋友，你有沒有聽說過，凡間出現了一個仙女，有求必應，叫作『翠絲仙子』，經常身穿綠色衣裳……」

玉帝大笑道：「青兒下凡行善嗎？這是天大的好事嘛！我們做父母的，凡事要保持開通的心境，讓下一代自由的成長，他喜歡做女的，便由得他吧。」

王母怔怔看著她這個老公，心忖：「難道真是我境界不及？真沒想到他是這個反應！」

一年後，王母娘娘又來到凌霄殿，她一邊走，一邊想：「這一回，老頭兒會如何處理？真叫人憂心！」

未到凌霄殿，卻已聽見人聲沸騰，難道猴妖又來鬧天宮了？王母急忙跑回殿上，看個究竟，卻見到一百位花仙齊集在此，聲聲抱怨，玉帝坐在龍椅之上，逐個聽他們的投訴。

原來都是曇花惹的禍，此花香壓羣芳，凡人喜歡是必然的，兼且四季花開，其他花種根本無法競爭，後來，連蝴蝶蜜蜂也只採曇花的花蜜，長此下去，簡直是百花世界的大災難，天下間假如只剩下一種花，那是什麼光景？

玉帝有什麼對策？他很專心的在聽取百花仙子的埋怨，似乎一點也不覺得厭煩，眉宇間，反而頗為享受。

王母二話不說，一手把曇花的花蕊破開，撕下一半來。本來，曇花花蕊壯碩飽滿，破開一半之後，便呈現一條小船的形狀，更是幽雅。然後，王母便說：「從今以後，曇花每年只有一晚的光景開花，曇花一現，更顯矜貴，但只是一個月下美人，更不會影響其他花種，這樣總可以了吧！各位仙家，還不退下？」

問題解決了，眾仙跪安，魚貫離開凌霄殿。

玉帝笑吟吟的說：「愛妻果然英明，一來到就解決了所有疑難。」

王母憂心忡忡的說：「主上，你就是喜歡弄得眾仙團團轉，不過，今次出大事了，唯有打擾夫君雅興。」

玉帝笑問：「青兒又出了什麼事了嗎？」

王母答道：「今次不是青兒，是小七呐。」

玉帝道：「小七是你我最疼的皇兒，天下神魔皆知，哪裡有人膽敢碰七仙女一根汗毛？」

王母說：「哎呀，就是凡人不知曉呐，你早前派她下凡，去犒賞董孝子，哪知道他倆居然談起戀愛來。」

玉帝笑道：「愛妻，原來你說的是這個，放心，不礙事的……」

王母緊張地搶著說：「怎麼不礙事？小七戀上凡人，自然就消磨仙氣，一旦仙氣耗盡，變成凡人，就會墮落六道紅塵，不得超脫，那是生死大事啊！上次青兒的事，你說要思想開通，我聽你的，今次可不同了，你別跟他們一起，吹捧什麼自由戀愛，不顧小七的生死前途！」

玉帝哈哈笑道：「愛妻，你不用擔心，這次是關乎性命的事情，朕不會輕率處置，早就派楊戩去凡間，把小七帶回來。小七是七仙女嘛，等閒神兵仙將，也真奈何不了她，不過，楊戩是有名的二郎神，功力高得多了，應該手到拿來，算起腳程，相信也差不多回來了。」

王母說：「我就怕你愛惜名聲，不想凡人以為你拆散鴛鴦。」

玉帝輕嘆：「凡人當然不懂仙家長生不老的想法，這個時候，只怕連小七也不會理解，惱恨我們專制，罵我是暴君。年青人，總是認為愛情是生命中最大的價值，寧願拋棄永生，也要捍衛愛情，視之偉大。在這個關口，我們當父母的，唯有用非常手段，要罵就由得別人罵吶！不過，世人眼中，你我從此就變成是非不分的父母，什麼東西都罵得出口，將來，被罵成妖魔，罵成怪獸，也未可知。」

王母終於放心了，世人罵她什麼，她倒沒有所謂。不過，女兒這種為愛情犧牲性命的氣慨，她似曾相識，是五千年前神魔大戰的事？抑或是再之前的事？她依稀記得，曾經也試過，為眼前這個男人挑戰生死，那是怎麼一回事呢？她努力去想，卻又覺得不是什麼重要的大事。

也許，當愛情被歲月沉澱，就只剩下生活。若然活得夠長，才有機會見證這許許多多的，後來的事情。

－完－

我的人生不是我的

陳美濤

「感謝大家，在百忙中來到楊博士的追思會，楊博士對科研發展有傑出的貢獻。她也是一位溫柔體貼的好媽媽……」

聽到這裡，我淚如雨下。

丈夫拍拍我的肩膀：「岳母是個好人，她在天上一定會享福的。我相信她在天之靈，也希望你活得幸福。」

這些道理我都明白，生死有命，正常人的一生，難免會目睹父母離世。

所以，處理完母親的喪事，我繼續正常生活。

沒多久，丈夫陪我到母親家中，收拾母親的遺物。

我在她的枕頭底下，發現了一本簿，每一頁都寫著「實驗對象……」。

我初時以為，這是她的實驗筆記，打算交給她的研究所，但我看見一行紅字：「實驗對象於 20XX 年 3 月 12 日產子，感到愉悅、滿足，取得階段性勝利。」

那個日子……正是我生孩子那一天，難道我就是實驗對象？

但生孩子的事，我記得一清二楚，懷孕和生產的過程都十分順利。

我開始閱讀那本實驗筆記，這個實驗由我二十八歲那年開始，我開始談戀愛、結婚、生子，母親都用「階段性勝利」來形容。

難道，我的人生，都是母親的「實驗」結果？

我走出客廳，看著正在收拾東西的丈夫，難道他也是實驗的一部份，莫非他是機械人？

想到這裡，我一個箭步衝上去，伸手摸摸丈夫的後腦，看看有沒有機關。

丈夫下意識想閃避，我一個擒拿手，就制住他的雙手，繼續摸索。

沒有機關！「老婆，你在幹什麼？」

我仔細觀察他的神情，開始審問：「你記不記得，我們是怎麼認識的？」

「親友介紹，我的母親是岳母的朋友的朋友嘛。」

對啊，所有事情都有跡可尋，我對家翁、家姑也十分熟悉，有什麼理由懷疑丈夫是機械人？

「你為什麼會愛上我？」我長相不算太美，但我的丈夫事業有成，穩重溫柔，當年也很受女性歡迎。

「我想找一個顧家的妻子，你說你自小的夢想，就是建立一個幸福的家庭，相夫教子，我們志同道合。」丈夫回憶：「你雖然不懂下廚，但我們相識後，你開始學做家務，很快就學懂了。」

以上所有事情，都是我親口說過的。

那時不覺得奇怪，現在回想，就找到了破綻。

如果我「自小就想相夫教子」，我怎麼會到了二十八歲，都不懂得下廚和做家務？

我努力回想，才發現二十八歲前的記憶，都有些模糊。

我所記得的，全都是實際的資訊，例如在哪間學校讀書、小時候住哪裡。

至於「我平時喜歡做什麼」、「我的夢想是什麼」，我腦裡馬上跳出答案：「家庭生活」、「相夫教子」，但完全沒有相關的事件記憶。

就像……答案是硬塞進去的！

我又問：「結婚幾年來，你有沒有覺得，我有什麼不對勁？」

「沒有不對勁啊，你是多麼完美。」丈夫笑著說：「有時力氣特別大，我明明是男人，武力都不及你哩。」

難道母親為了研究，用我做實驗品，副作用是增加了我的武力？

我拿著那本研究筆記，去了母親的研究所。

剛到達研究所，研究員很高興地告訴我：「我們清理楊博士的實驗室，發現她對大腦有突破性的研究，可以清洗人的記憶，並作出有限度的改變。」

「這麼厲害？」我忍不住問：「為什麼我從來沒有聽過？」

「我們也不明白，楊博士沒有上報過這個研究的資料。」研究員雙眼發光：「以研究的水平，有可能得到諾貝爾獎。」

我神色凝重地說：「我懷疑，我就是這個研究的實驗品。」

研究所十分重視「非法進行人體實驗」，承諾無條件為我提供治療。

科學家解讀了母親的研究，改造儀器，可以幫我修復大腦的傷害。

「小姐，手術也許可以幫你尋回記憶，但始終有風險，如果你現在的生活幸福，未必要冒險……」

「我一定要做。」我要知道，母親為什麼要用我做實驗品。

手術後，一幕幕的回憶重視在我腦海中，所有的回憶……都是爭執。

原來，我對功夫充滿興趣，自小就去拳館偷看別人練功夫。

我無視母親的阻止，悄悄在家中練功，也真的練出一身好功夫。

成年後，我周遊列國，和各國高手切磋武藝。

母親不斷問：「你打算什麼時候結婚？你現在不結婚，日後就要當高齡產婦。」

她的勸誡，由小時候的「小朋友不吃早餐就會死」，變成「女人不生孩子，生存就沒有意義」。

我搞不懂，母親是一個成功的科學家，為什麼她依然會有這種想法？

我說我不喜歡小孩子，她覺得「生下來你就會喜歡」。

我不享受家庭生活，她就說：「你老了就會後悔」。

我的夢想，是武功大成後，奪取世界武術大賽的冠軍。

我不知道我老了會不會後悔，我只知道，如果我放棄夢想，今天就會後悔。

結果，有一次母親打電話給我，說她在研究所受傷。

我馬上趕到研究所，一踏入實驗室，我就被迷暈了。

醒來後，我變成母親「理想中的好女人」，一心相夫教子，母親就找朋友介紹了一個男人給我，然後我結婚生子，如她所願。

因為我和母親「志同道合」，關係也愈來愈好。

這件事對我而言，當然是晴天霹靂。

我回家後，二話不說，就收拾行李離開，因為這根本不是我想要的生活！

我要繼續我的夢想，周遊列國，和各國高手切磋武藝。

但我到達第一個國家，就遭受挫折。

原來，我太久沒練功，生子後又沒有好好保養，就算記得招式，也沒了之前的功力。

差之毫釐，謬之千里，原本我不放在眼內的高手，都可以輕易把我打敗。

我打算重新練功，不過我這個年紀重練，成就有限，武術大賽冠軍……遙不可及。

我在酒店苦練了半個月，有人敲門，是我的丈夫和兒子。

丈夫神情殷切地說：「老婆，回家吧。」

我很努力地向他解釋：「你懂不懂，那不是我想要的生活。」

但我的兒子才四歲，根本不懂我在說什麼，他一味大哭：「媽媽，我要媽媽……」

結果，我回家了。

我還去了研究所，問他們可不可以幫我刪除記憶，讓我變回賢妻良母。

是的，這段人生根本不是我所期望的，我的母親真的很殘忍。

生命中，總有人想代你作出決定，甚至令你的人生一塌糊塗。

但是，面對現實、面對家人，計較誰對誰錯根本沒意思。

人生沒有回頭路，再不情願，只可以一直往前走。

我只好安慰自己：大部份人都不會得到夢寐以求的生活，我的不幸，好歹也算是有點不平凡。

－完－

你眼中的
怪獸家長
是什麼？

你眼中的 怪獸家長 是什麼？

作者：萌動短篇故事創作比賽得獎者
封面美術：葉偉青
內文設計：阿棉
編者：黃獎　何故　周子嘉

出版：悅文堂
地址：香港 柴灣 康民街 2 號康民工業中心 1404 室
電話：(852) 3105-0332
電郵：joyfulwordspub@gmail.com

發行：香港聯合書刊物流有限公司
地址：香港新界大埔汀麗路 36 號中華商務印刷大廈 3 字樓
電話：(852) 2150-2100
網址：http://www.suplogistics.com.hk

印刷：數碼大一印刷有限公司
電郵：sales@elite.com.hk
網址：http://www.elite.com.hk

圖書分類：流行讀物 / 小說散文 / 少年文學
初版日期：2019 年 7 月
I S B N：9789887845553
定價：港幣 78 元 / 新台幣 350 元